CHARADE BUNKO

Illustration

奈良千春

CONTENTS

1

護りたかった。愛する子供たちを。そして愛する人を。

それなのに、躰は己の意志に反する。心でどれほど拒絶しようが体温は上がり、疼いて求めようとする。それが誰であれ、自分の発情に応えてくれるのであればいいとでもいうように。第二の性が存在する以上、この飢えから逃れられないのか――。

地面に蹲り、五色は自分の躰を流れるオメガの性と戦っていた。

「れ、玲……っ！　……ユウ、キ……ッ！」

顔を上げ、霞む視界の中に愛する者たちを捉える。カナタの泣き声。血で染まった軍服。転がった小さな靴。疼きは激しさを増す一方で、絶望に蝕まれそうになる。

身を挺してユウキを凶弾から庇った黒瀬は、倒れたままだ。

どうしたら護りたいものを護れるのだろうか。何度も考えてきた。何度も答えを探してきた。見つからない探しものは本当にあるのだろうか。

「パパッ！」

「玲っ、――玲……っ！」

名前で呼び合えるようになったのは、最近のことだ。

『いつまでも他人行儀なんだな』

ベッドの中で言われ、それじゃあと切り出して、名前で呼ぶことがこんなに恥ずかしかったのかと驚いた夜。

いつも「なぁ」だとか「あのさ」だとか、曖昧な言葉でしか声をかけられなかった相手だ。どう呼ぼうか考える時間は、どこかむず痒くて、いとおしかった。

玲二さんはさすがにないなと思い、「玲二」と口にしてそれも違うと否定し、「玲」と呼んでしっくりきた。「玲」。もう一度口にすると、「春」呼びを軽くクリアした黒瀬は、ようやく「玲」と呼べるようになった五色を朝まで抱いた。

狂おしいくらい何度も……。

あれほど我を忘れた一夜を五色は知らない。暴走したのは第二の性ではなく、心だった。肉体に宿るSオメガの血をも凌駕する、人を愛する気持ち。

それを手にすることができたというのに。

「黒瀬玲二。こいつは貰う」

「——ぁ……っく」

繰り返し黒瀬を呼ぶユウキの声に、胸が締めつけられた。なぜ悲しみから愛する者を遠ざけることができないのか。なぜこれほど無力なんだ。

「にげ、ろ……、ユウキ、お前だけでも……っ、……頼むから……っ、一人で……」

ユウキが走り出す。賢い子だ。

「まぁいい。あんなガキの命を奪ったところでなんの利益もない」

髪を掴まれた五色は、力ずくで引き摺られていった。抵抗しようにも襲いかかってくる発情の波にそれどころではない。

疼く。欲しがる。躰が暴走する。心と躰の乖離にどれほど絶望してきただろう。Ｓオメガの性に幾度となく翻弄されてきたが、今ほど恨めしく思ったことはなかった。

そんなはずはない。オメガの血も心の繋がりには勝てない。名前を呼び合いながらそう実感したばかりじゃないか。

「さて、上書きさせてもらおうか」

「は、放せ……っ！」

上書き。ゾッとした。首の後ろに残る美しい歯形は、番の証しとして黒瀬が刻んだものだ。過去に他のアルファにうなじを噛まれた五色は、二度と黒瀬とは番うことができないはずだった。けれども、Ｓアルファという特別な存在である黒瀬が上書きで、他の男がつけた印を無効にした。

それは永遠の印だったはずだ。

第二の性のトップに君臨する存在、Ｓアルファ。突然変異で生まれるため数は少なく、五色が初めて見たＳアルファは黒瀬だった。発情経験のなかった五色を目覚めさせ、Ｓアルファ同様特別なオメガが存在することを身をもって知らされた。

心よりも優先されると言われるアルファとオメガの関係。

けれども、自分たちは違う。そう確信できた。だから、上書きできた。今もそのことを信じている。

「――春……っ！」

血の繋がらない、けれども血の繋がりなど関係ないと言えるほど大事にしている自分たちの子供の一人――ユウキを護った黒瀬は、今度は五色を奪われまいと立ち上がろうとしていた。

無理だ。これ以上動くと命に関わる。

俺より子供たちを――。

「お前に俺の子を産ませてやる」

髪を摑まれ、耳元で囁かれる。

再びあの悪夢を味わうことになるのかと、気が遠くなるほどの絶望の足音を聞いた。

まばゆい光と色鮮やかな緑。澄みきった空に子供たちの笑い声が響く。時折聞こえてくる鳥の囀りが、絵に描いたような平和をより心地よく感じさせてくれた。木漏れ日は音もなく、しかし圧倒的な量をもって希望で包んでくれる。

「こらーっ、お前ら言うこと聞けっ！」

手にホースを持った五色は、てんでバラバラに駆け回る子供たちを追いかけるのに必死だった。笑い声で満たされた庭は青々とした芝生で覆われていて、自分たちには明るい未来ばかりが広がっているように思えてくる。

膝までの短パンと長袖シャツ。躰がシャツの中で泳いでいる。

適度に筋肉がついているが、細身の躰はこのところよりいっそう引き締まった。もともと少ない脂肪がさらに減ったのは、毎日のように子供たちを追いかけているからだ。食べても食べてもカロリーは消費され、五色の躰はいつまで経っても少年のそれだ。

けれども心を伴う肉欲に溺れる夜を知ってから、未成熟の危うさを持ちながらも、完熟した果実がほのかに甘い香りを漂わせるように、大人しか気づかない挑発的な色香を覗かせている。

たった一人の男だけがその奥に眠る享楽の血をいとも簡単に目覚めさせるのだが、こうして太陽の下にいる時は微かに香る程度だ。

「マルオッ、飯喰いたいならお前も手伝え！」

「はーい。みんなかたづけよう」

「え～、メグはもっとみずあびしたい。カナタもそういってるよ。ねーっ、カナタもまだおそとであそびたいよね～」

頭から水を被った五色は、バスケットの中を覗(のぞ)くメグをとっ捕まえると顎を頭にぐりぐりと押しつけた。

「くぉら！　おてんば娘！　何がカナタもそう言ってるだ！　カナタはまだしゃべれないだろ」

「でもわかるもん！　ほんとうにそういってるもん！」

「クマさんのぬいぐるみを洗ってやったろ？　乾かさないとクマさんが風邪ひくぞ」

そのままクルクル回すと、きゃ～っ、と嬉(うれ)しそうな笑い声が空に吸い込まれる。五色は自分も子供みたいな気分になり、声をあげて笑った。開けば生意気な言葉が飛び出していた口は、子供たちが相手だと健康的な音しか響かせない。

「ほら、もう水遊びはおしまいだ」

ちゅ、と頭頂部にキスをしてメグを下ろしてやる。

ツインテールに結った柔らかい髪からは、子供独特の微かな汗の匂いがした。これを嗅いで満たされた気分になるなんて、想像もしなかった。

「おい、ヨウ。アルとタキは？」

「あっちにかけていった」

「お前らいい加減に戻れ〜。マルオ！　片づけは後回しだ。ヨウと二人であいつら呼びに行ってこい！」

「は〜い、ママ。いこう、ヨウ」

「うん」

夢中で遊ぶアルとタキを呼びに行く二人を見る五色の目が、ますます細くなる。挑発的に目尻の上がった目は『氷の眼差し』と形容されることも多かったが、子供たちの無邪気な笑みとある男の存在が、絶対零度の世界から五色を連れ出した。

「カナタは……よしよし、ご機嫌だな。ユウキ、マルオたちが戻ってきたら手の空いてる奴を使ってそこのおもちゃ全部片づけろ。お前がリーダーだぞ、わかったな！」

「わかった！」

ビシッ、と返事をする姿は、小さいながらも凛々(りり)しい。リーダーシップを取らせるとその力を発揮するユウキは、出会ったばかりの頃は五色を「パパのオンナ」と呼んでいた。

生意気なところは今も変わらない。

「先にカナタを中に入れるから、片づけしっかりしとけよ」

「あ、まって。もういっかいカナタをみる！」

メグがバスケットに飛びついた。特にメグはカナタのことがかわいいらしく、よく覗いている。

「おれたちのおとうとだからな。ほら、かたづけるぞ。あとでまたカナタとあそぼう」

「うん、じゃあね。カナタ。すぐにメグたちももどるからね」

バスケットの中の赤ん坊は、キャッキャと笑っていた。手を伸ばし、自分を取り囲む笑顔を捕まえようとしている。

それから五色は駆け回る子供たちを追いかけて全員を着替えさせ、腹が減ったと訴えるカナタにミルクを与えた。これだけでも十分疲れたが、もう一つ大きな仕事が待っている。

「飯作るぞ、腹ぺこども！」

「パパはまだかえってこないの？」

「さぁな。仕事が終わってないんだろ。そろそろ戻るって」

「ねぇ、ママ。きょうのおひるはなぁに？」

マルオが一番にメニューを聞いてくるのはいつものことだ。

「オムライスだ」

やった〜、と嬉しそうな声が部屋を満たす。甘いケチャップとふわふわの卵は子供たちに人気だ。

「ママ〜、カナタがおしっこした！　うんちかも！」

「またか！　おい、マルオ。替えのオムツ持ってこい。メグ、お前はビニール袋を持って待機な。アルはお尻拭き持ってろ」

テキパキと役割分担をするが、それでも子供六人と乳児一人を世話するのは簡単ではない。次から次へと仕事は湧いてくる。

オムツを替えたところで、黒瀬が帰ってきた。

「あ、パパだ！　おかえりなさーい！」

メグの声にみんな一斉に駆け出す。子供たちに囲まれる黒瀬――いい光景だ。禁欲が服を着て歩いているような立ち姿。硬質な雰囲気を持つ黒瀬だが、こんな時の態度は愛情に溢れている。

「お帰り。仕事どうだった？」

「ああ、たいしたことはない」

休みだった黒瀬が軍の急な呼び出しで屋敷を出たのは、朝の四時過ぎだ。たいしたことはないなんておそらく嘘だろうが、あえて追及しない。

「パパ、おひるいっしょにたべよう」

「そうだな。今日の昼はマルオの好物だろう」

「そうだよ！　ぼくのだいこうぶつのオムライス！」

「そうだと思ったよ」

「どうしてわかったの？」

「お前がご機嫌だからだ」

あまり変わらない黒瀬の表情が、最近は随分と読めるようになってきた。五色以上に昏い色の瞳を持っていた男もまた、五色と同じく変化の中を泳いでいる。日々進化する二人の関係は、このところいっそう深く、強く結びついていた。

黒瀬はリビングのベッドで「うー」だの「マンマ」だの言っているカナタを覗き込み、チュッとキスをする。

「早く着替えてこいよ。軍服が汚れるぞ」

「それもそうだな。すぐに手伝う」

もう少し見ていたい気持ちとは逆のことを口にするのは、素直じゃないからだ。黒瀬の軍服姿はいけない。禁欲的な首元につい視線を奪われる。似合うのだ。

それまで発情経験すらなかった五色は、黒瀬と出会ってオメガの——中でも特殊なSオメガの血を目覚めさせられた。あの時の衝撃は忘れない。己の意志とは無関係に誰でもいいと躰が訴える戸惑いと経験したことのない飢え。

だが、オメガ性によるものとは違う発情も確かに存在した。心が誘発するそれがあることを、最近身をもって知ったのだ。

躰より先に心を疼かせる存在——自分から目を逸らす前に、廊下の向こうにその背中が消える。いつまで見ているんだと呆れるが、名残惜しさはなかなか断ちきれない。

「ねぇ、ママ。はやくオムライス」

マルオの訴えに、我に返って冷蔵庫へ直行した。材料を並べ、子供六人プラス大人二人ぶんのオムライスという強敵を前に気合いを入れる。

鶏肉を切っていると、黒瀬がキッチンに入ってきた。

白い開襟シャツと黒のスラックス。黒瀬の私服はいつもシンプルだ。だからこそ素材のよさが目につく。軽く撫(な)でつけられたオールバックの似合う端正な顔立ちに、何度心がざわついただろうか。番となった今もそれは変わらない。

「俺は何をすればいいんだ？」

まくった袖から見える腕の内側が、妙に男臭かった。見るな見るな、と自分を戒める。

「じゃあ、タマネギのみじん切り」

イタズラ心が湧いてきて、黒瀬が涙をポロポロ流すところを見てやろうと、その役割を押しつけた。いつも泣かされてばかりではない。

ふっふっふ、と不敵な笑みを漏らす。

「タマネギだ！」

「にげろ！」

子供たちが一斉に避難した。リビングのソファーの向こうに隠れたかと思うと、まるでミーアキャットが顔を出すように背もたれの向こうから恐る恐るこちらを覗く。

「これを全部みじん切りにすればいいんだな？」

「ああ。小さくだぞ。小さく」

「わかってるよ」

朝飯前とでも言いたげな口調だったが、黒瀬はキッチンでは不器用だった。五色の服はいとも簡単にひん剝いてしまうのに、相手がタマネギだとそうはいかない。

鶏肉を細切れにしながら横目で様子を見ていたが、次第に眉間のシワが深くなっていく。どうしてその顔でその手つきなんだ。確かにタマネギの外側の皮は薄っぺらくて剝きにくいが、ここまで時間がかかるのはなぜだろうか。

ようやくタマネギを裸にすると、ざく、ざく、と切り始めるが、こちらの手つきもまるでなっていない。見ていると段々と苛ついてきて、口を出さずにはいられなくなった。

「違う、そうじゃない。ここは繋げておかないとバラバラになるから、包丁をこう入れるんだよ」

「なるほど」

「前にも一回やったろ？　なんで忘れるんだよ」

「そうだったか？」

みじん切りの基本を教えているうちに、目が染みてきた。しまった、と思うが時すでに遅し。黒瀬を泣かせてやろうという目論みは見事失敗した。自分のほうが先に涙が出てくるのだから、世話がない。

しかも、黒瀬は平然としていた。なぜ染みないのか。

「ベッド以外でお前の泣き顔が見られるなんてな」

甘い囁きとはほど遠い事務的な言い方だが、それが逆に黒瀬の放った台詞を意味深に響かせた。

「なんであんたは平気なんだよ?」

「体質かもしれないな」

羨ましい体質だ。

なんでも完璧にこなしそうなスマートな横顔。男らしい骨格。特にえら骨の辺りから顎にいたるまでの硬質なラインは、どこか色香がある。

見ていると妙に落ち着かなくなってきて、五色はぐす、と洟を啜りキッチンペーパーで涙を拭いた。しかし、新鮮なタマネギの成分はさらに五色を攻める。

「ママ、がんばって!」

子供たちの応援も虚しく、ますます涙が溢れて止まらなくなった。早いとこ炒めなければいつまでも目に染みる。

「早くしてくれ。ほら、俺もみじん切りやるから」

結局二人での作業となり、できあがったそれをバターを溶かしたフライパンで炒め始めた。鶏肉を投入して完全に火を通す。こっそりピーマンのみじん切りを足し、缶詰のマッシュルームを加えたところで涙は止まった。しかし、最後まで洟の一つも啜らない黒瀬を見て恨めしくなる。

完璧じゃないくせに完璧みたいな顔しやがって……、と心の中で毒づく。

平然としたままの黒瀬に、わざともたもたタマネギを剥いたんじゃないだろうな、なんて邪推する始末だ。

「やっと泣きやんだか」

「泣きやんだって言うな」

「まだ泣いてるのか？」

「そういう意味じゃない」

「じゃあ泣きやんだでいいだろう」

「涙が出ただけだ。泣いてない」

「涙が出たのに泣いてないのか？」

黒瀬が決してふざけているわけでも茶化しているわけでもないのはわかる。完璧そうで大事なものが欠けている男には、愛情不足で育った背景があった。だからこそ真面目にこんなことを言う。

けれどもそんな黒瀬がいとおしくもあった。

「なんだ？」

「別に……。っと、この量だとフライパン二つな」

「こっちは任せておけ」

具材を分け、冷や飯を入れてそれぞれ炒め始めた。任せておけと言いながら、黒瀬担当のフライパンの周りにはたくさんの飯粒が散乱している。

「ママ、コーンもわすれないで！」

「あ、そうだった。マルオ、さすがだな」

コーンを追加し、ケチャップをたっぷり。炒めているうちに香りが出てくる。途中、黒瀬のフライパンと交換した。任せておいたら何ができるかわからない。

黒瀬の手元を監視しながらオールスパイスを少し足してからさらに炒めると、艶やかな赤いチキンライスができあがる。あとは皿に盛り、半熟オムレツを載せて皿の上で割るだけだ。

「あんたは皿にチキンライスを盛ってくれ。俺が卵やるから」

「型はこれだったか？」

「そう、それ」

溶き卵に少し牛乳を足し、ボウルの中で躍らせる。バターを溶かしたフライパンに卵液を入れた。ジュッ。搔き混ぜて少しずつ成形していく。少々いびつなのもあるが、細かいことは気にしない。

そんなものは漂ういい匂いで相殺される。

「お前ら～、できたぞ～」

全員ぶんができあがると、テーブルに運んだ。カナタの様子を覗くと、みんなの笑い声のおかげか安心した顔で眠っている。

全員をテーブルにつかせ、みんなで「いただきます」と手を合わせた。食べる前に子供たちをそっと見回すのは、反応を待っているからだ。

「わ～、メグのトロトロ」

「おれのもだ。マルオは？」

「ぼ、ぼくのもおいしそう。ヨウのもつやつやなのがでてきたよ」

「……マルオくんといっしょ」

「おれたちのがいちばんトロトロだよ。な、タキ」

「うん、でもおおきいのはマルオくんのだよ。メグのはかたちがいい！」

卵にナイフを入れた子供たちは、目を輝かせていた。大きな口をあーんと開けてスプーンでパクリ。満面の笑みがダイニングに溢れる。

「パパのはなんかへんなかたち。あれ、ママのも」

「いいんだよ。お腹に入ればみんな同じだ」

全員の笑顔を確認したあと、五色も手をつけた。タマネギやケチャップにコーンの甘さも加わって、子供向けのオムライスに仕上がっている。黒瀬も満足げに食べていた。黒瀬にオムライスなんて一番似合いそうにないのに……。

キッチンは零したご飯や洗っていないフライパンやボウルが散乱しているが、みんなで食べるオムライスは片づけのことなど忘れるくらい美味しかった。

丸一日子供たちの相手をすると、体力は限界まで絞り取られる。ベッドに入る頃には睡魔が襲ってくるのだが、黒瀬はそう簡単に眠らせてくれない。

しかし、五色もまた同じ欲望を腹の奥に抱えていた。今の状態を気づかれまいと平静を装うが、どうせいずれ暴かれるのはわかっている。それでもギリギリまで隠しておきたがるのは性格だろう。

五色はベビーモニターでカナタが寝ているのを確認した。六人の兄弟たちが全力で相手をしてくれるおかげで、今夜もぐっすりだ。

その時、バスローブに身を包んだ黒瀬が部屋に入ってきた。水差しの水をコップに注ぎ、半分ほど一気に飲む。出っ張った喉仏がなめらかに上下して、卑猥（ひわい）だと思った。男の喉をこんなふうに見るのは相手が黒瀬の時だけだ。

なぁ、と五色は呼びかけた。さすがに敬語は使わなくなったが、いまだにどう呼んでいいかわからない五色は、いつも曖昧な言葉でしか声をかけられない。

「軍で何かあったのか?」

「ちょっとな」

子供たちの前で不穏な空気を作りたくなかったため知らん顔をしていたが、その表情からよくないことなのは想像できた。

「俺には言えないのかよ」

「不確定要素が多い」

短い言葉で一蹴され、これ以上聞いても無駄だと諦めた。こんな時は少し寂しくなる。共有したいのに、させてもらえない。それが軍のルールでも、五色のためでも、一人で抱え込む黒瀬を見ていると己の無力さを思い知るのだ。

ずっと孤高の存在だったSアルファ。自分の前でだけは、そうあって欲しくないというのは、ただの我儘(わがまま)だろうか。

「カナタは寝たのか?」

「ぐっすりだよ」

黒瀬はベッドに躰を滑り込ませ、いきなり五色の頭に唇を押し当ててきた。たったそれだけのことで、躰は黒瀬を欲しがって疼き始める。

この世には第二の性というのが存在する。

アルファ、ベータ、オメガに分類されるそれは、図で表すとダイアモンド型の人口分布となる。人口の七割ほどいるベータにはメリット・デメリットがほとんどなく、多くの人にとって第二の性は血液型程度の認識でしかない。問題はアルファとオメガだ。

オメガは人口の一割程度しかいないが、その希少性とは裏腹に社会的地位が低く、社会生活を営むにあたって大きなハンデを抱えている。背景には『発情（ヒート）』と呼ばれる生理現象が深く関わっていた。一～三ヶ月に一度、発情状態に陥り、番のいないフリーのアルファを所構わずフェロモンで誘惑し、生殖行動に駆り立てるものだ。

時にアルファの暴力性を引き出し、動物さながらの行為に走らせる。オメガ本人も激しい欲情に見舞われるため、薬で発情を抑制する必要があった。人権上の問題も孕（はら）んでいるが、悲しいかな人は自分が身近に感じられないできごとに関しては鈍感になる。様々な問題がこれまで放置されてきたのには、デメリットの多いオメガの数が圧倒的に少ないからと言えるだろう。世の中は多数派の人間に合わせたシステムが基本で、少数派は生きにくい構造になる。

しかし、アルファは少数派でありながらその法則は当てはまらない。

生まれながらのエリートと言われるアルファは人口の二割ほどしかいないが、ＩＱや運動、気質、あらゆることに於（お）いて優れた能力に恵まれている。それゆえ、医師、弁護士、政治家などになる者が多く、研究分野でも力を発揮している。社会を大きく動かす者の多くがアルファという現実が存在していた。

中でも最強と呼ばれるのがSアルファだ。彼らは一般のアルファとは比べものにならないほどのスペックを持っている。

通常アルファは、オメガの発情に反応して『発情(ラット)』状態に陥るが、Sアルファに限っては己の意志で自由に発情をコントロールできる。自制が利き、意図的にオメガの発情を促すのも可能だ。近くにいるだけでも影響することがある。

黒瀬はSアルファの一人で、特殊な能力故『オメガ狩り』の任についていた時期もあった。また、生殖行為に於いては通常より着床率が悪いもののアルファの子を身籠もらせる確率が高く、優秀な子供を産ませるため利用したがる者も多くいた。

さらにここにきて、Sオメガという特殊な存在が確認されている。五色だ。

Sアルファ同様特別な体質を持っていて、フリーのアルファにしか効かないはずのフェロモンの影響が、番のいるアルファ、さらにはベータにまで及ぶ。Sアルファである黒瀬も例外ではなかった。

しかも、通常オメガは誰かと番になればフェロモンが変質し、その相手にしか効かなくなるが、Sオメガに関しては不確かだ。黒瀬と番になる前の性質が残っている可能性は十分にある。

高スペックになるSアルファとは逆に、より多くのハンデを背負わされるのがSオメガと言えるだろう。

まったく違う立場の二人が出会い、第二の性とは関係なく恋に落ちたのは神様のイタズラだろうか。

「アルファ至上主義者」

「え……？」

「『AAsA』を名乗っている連中だ。アルファが絶対的存在だという信念のもとに集まってる」

一度は五色の問いを一蹴したのに、共有したいという気持ちが通じたのだろうか。嬉しくなるが、今度は自分に話して大丈夫だろうかと黒瀬の立場が心配になる。

我ながら我が儘だと思いながらも、耳を傾けた。

「軍で問題になっている。そういう連中があちこちに隠れているんだ。そいつらの動きを追ってるが、なかなか尻尾を出さない」

軍はアルファやオメガの婚姻を管理し、彼らが関係する事件が起きれば中心となって解決する立場にあるが、それを変えようとする動きが出ている。

権限を集中させたことで起きた、上層部のオメガへの人権侵害。

軍の幹部で黒瀬の腹違いの兄でもある上沼(かみぬま)は、私利私欲のためにSオメガの五色を我が物にしようとした。さらに幹部たちが、金や権力と引き換えに一部の政治家や資産家たちにとって有益な婚姻関係を結ばせていたことも発覚している。その中心人物は今も裁判中で罪が確定せず、裏で誰と繋がっているのかすべて明らかになっていない。

そこで軍が暴走しないよう監視する外部機関が設置されることとなったが、人選にかなり手こずっているらしい。一度に体制を変えるのは難しく、いまだ多くのことを軍が握っているのが現状だ。

政治家のほとんどがアルファで、オメガの扱いに関して少しでも自分たちの有利に運びたいという思惑が透けて見える。

「上沼たちも『ＡＡｓＡ』のメンバーなのか？」

「いや、それは違うだろう。これまでの軍上層部と『ＡＡｓＡ』は似ていても根本のところが違う。奴らは国のためという大義で結束している。自分たちアルファが選ばれた者だという部分は同じでも、私利私欲とは逆の考えだ」

伸びてきた手に太股（ふともも）の内側を撫でられ、黒瀬に火がついていると悟った。抑えようとしているようだが、乱暴になる手つきに努力がほとんど功を奏していないとわかる。軍の改革や『ＡＡｓＡ』の捜査が思うように進まないのが多少影響しているのかもしれない。

苛立ちと警戒。それが黒瀬を獣に変えようとしている。

それなら喜んで身を差し出そう。心が伴うと、少々乱暴な扱いでも構わないと思えるから不思議だ。むしろ自分にぶつけられる生の感情に悦びすら感じる。

「ぁ……っ」

五色の中心はすでに下着の中で張りつめていた。それは黒瀬にも伝わっているらしく、下着の上からやんわりと握られる。

「――ぁ……っ」

「そろそろ発情期か？」

「……そ、だけど……、武田先生の……漢方は、……はぁ、飲んでる……」

「それにしては、強烈だぞ」

五色は黒瀬と出会うまで発情期もなく、最近ようやく定期的に発情期が来るようになった。月に一回。サイクルは比較的短い。

そのため、今も漢方で発情を抑えていた。未知の部分が多い五色は、自分の中に獣を飼っているのと同じだ。

いつ外に躍り出て、放埓な振る舞いをするかわからない。

「診療所で……診てもらえ……っ、抑えられて……ないぞ」

「あ、あんたの……せい、だ……っ、……はぁ……っ、……普段は……こんなふうに、なら、ない……っ」

「そうか……。なら、俺が宥めてやらないとな」

　はぁ、と獣じみた息を吐きながら、黒瀬がのし掛かってくる。バスローブを脱ぎ捨てる黒瀬の仕草に、心が蕩けた。オメガのフェロモンなんて言うが、黒瀬こそ大量のそれを滴らせているに違いなかった。

　普段は禁欲的な軍服の下に隠された牡の匂い。強烈に惑わされる。

　我慢できなくなった。

「早く、してくれ……っ」

　発情を促したのは五色なのか、それとも黒瀬なのか――。

『アルファ至上主義者』

　不安を煽る言葉が、五色をその行為に駆り立てていたのかもしれない。幸せが指の間から零れていくのをただ見ているだけしかできない瞬間を味わった経験が、五色に一抹の不安を抱かせ、より大胆に振る舞わせていた。


　ひとたび肌を合わせると、嵐のような熱情が二人を連れ去る。

　五色は黒瀬が無意識に放つ色香に身も心も虜になっていた。『ＡＡｓＡ』のことは気になるが、今は忘れたかった。いずれ巻き込まれるかもしれない危険を心配するよりも、今は自分のうなじに歯形を残した男を感じていたい。

そして、そうできるものを黒瀬は与えてくれた。背後から抱き締められたまま、中心を嬲られて耳に熱い吐息を注がれる。

「相変わらずお前のフェロモンは強烈だな」

「ぁ……っ」

黒瀬の存在に刺激された五色は今、発情状態にあると言ってもよかった。声を聞いただけで、濃い蜜のような愉悦に取り込まれていく。

発情を抑える漢方を飲んでいても、黒瀬がすべて無効にしてしまう。

「あ、……当たってるって……」

しきりに押しつけられる牡の象徴に、体温が上がった。頬が熱くてたまらない。

「何が当たってるって？」

「そ、それが」

「これか？　わざとやってるんだから当然だ」

「何言……っ、……ぁ……っ」

ゾクゾクと甘い戦慄を覚えながら、黒瀬の求めに応じた。低めの声は腹の奥に響いてくる。それは五色が隠している淫蕩な血をいとも簡単に暴く。深い色の瞳もそうだ。

「こっちを向け」

「ぁ……っ、……はぁ……っ！」

仰向けにされて首筋に顔を埋められると、黒く艶のある髪先が肌に触れた。

普段はオールバックに撫でつけている黒瀬の髪は、ベッドでは情欲の舌のように五色の肌を刺激した。自由に、煽るように、翻弄するそれは意思が宿っているようだ。

「尖ってるぞ」

「んぁっ！」

指先で胸の突起を摘ままれ、喉の奥から嬌声が漏れた。指を噛んで耐えようとしても、直接舌で触れられて努力は無駄に終わる。

「んあぁ……、ん……、はぁ……っ、……っく、……ぁ……あ……ぁ」

次々と溢れる甘ったるい声。

はしたない姿を見られたくはないのに、柔らかい舌に包まれ、いつの間にか躰を反り返らせていた。ツンと尖った突起は赤く色づき、吸ってくれと訴えている。体温の上昇がそうさせるのか乳輪が微かに膨らんできて、より黒瀬の舌を感じられた。

「あぁ……あ……、……ん……ぁ」

息があがってどうしようもなかった。時折ビクンと躰が跳ねるのを抑えきれない。やんわりと包まれ、尖らせた舌先で突かれ、時に唇できつく挟まれる。

「あ……ッふ、……ぁあ……あ……、……んぁ……っ、あ、あっ、あっ！」

身をよじらせても、この責め苦からは逃れられなかった。気がつけば、両手首を掴まれてベッドに押さえ込まれている。じゅる、と唾液を啜る音がして頬がカッと上気した。

ふいに右手が自由になったが、五色が次に取った行動は黒瀬の頭を掻き抱くことだけだった。

「んぁ、あっ、ん、……っく」

髪を指で梳くとそれは冷たく、指の間を愛撫されている錯覚に陥った。こんなところが感じるなんて信じられない。

「はぁ……っ、……はぁ……、……ぁ……あ、――あっ！」

またビクンと躰が跳ねた。

きつく摘まれて痛みに眉をひそめるが、それもまた五色の情欲を煽るものでしかなかった。唾液でたっぷりと濡らされた指で刺激されながら、唇は下へ下へと降りていく。甘い期待に全身が包まれて、黒瀬の手に自分のを重ねた。すると自分で嬲ってみろとばかりに、指と指を絡めて突起を弄り始める。

二人の指で挟み込んだ時は、あまりの恥ずかしさに泣きたくなったが、それ以上に欲望を貪る獣が赤い舌を出して溢れる愉悦を一滴残らず舐め取ろうとする。

「はぁ、……ぁ……っ、あっ、やっ、……」

脇腹の敏感な部分に唇を落とされて身をよじるが、そうするほど意地悪に責め立ててく

る。次々に火を放たれていく過程もまた、五色にとっては悦びだった。

「んぁ……ぁ……、――ぁあ……っ！」

いきなり口に含まれ、五色は躰を反り返らせながら震えた。わななく唇はみずみずしく濡れ、赤く色づいて、深い愉悦の中で溺れる。

「待……っ、……はぁ……っ」

無意識に頭を振った。黒瀬の髪を強く摑むと、情欲の舌は手の甲を這い回る。

自分の後ろから体液が次々と溢れてくるのがわかった。恥ずかしいくらいに濡らして黒瀬を待ちわびている。けれどもそれを口にできるほどの素直さは、まだ持ち合わせていない。焦がれながらもただ待つことしかできない五色は、つい黒瀬の中心に視線を遣った。

「ぁ……」

それは凶器さながらに反り返っていた。アルファの男性器はベータのそれとは比べものにならないほどのサイズだが、Sアルファである黒瀬のはさらに雄々しく、そして形も卑猥だった。

亀頭は大きく迫り出し、血管が浮き出ている。たっぷりと蓄えた体液が注がれる瞬間を想像してしまい、腹の奥が疼いた。

濃い体液が自分の奥で迸る――脳裏に浮かぶ映像が五色の唇をより赤く色づかせていた。

「これが欲しいか？」

「――ん……」

答えなどわかっているとばかりに唇を奪われる。積極的に応えて身を起こした。欲しくて、早く欲しくて、膝立ちになって後ろを弄ってくれと黒瀬の手を取って促す。

「……頼む、よ」

やけに掠れた声だった。

熟す前の果実のような蕾を指で探られ、目をきつく閉じてその感触を味わった。そこは、指の侵入を悦び、歓喜の声さながらに濡れた音を立て始める。

「ぁ……、……っく、……ッふ、……ぁ……あ」

男女にかかわらず、オメガの躰はアルファを受け入れるようにできている。次々と溢れる蜜は五色の体液に他ならず、自分の躰が黒瀬を迎える準備をすっかり終えて、その瞬間を待ち望んでいることを知った。

「なんで……見る、んだよ……、……っく、……ッは！」

「見たいからだ」

グイッ、と指で奥を刺激され、快感がズシンと腰を打つ。

指を二本に増やされた。さらにもう一本。今度は左の指だとわかり、内側からの圧迫に腰が砕けそうになる。

ああ……、とはしたなく濡らす自分の声を何度聞いただろうか。

「……春」

胸の突起に軽く歯を立てながら、黒瀬は執拗（しつよう）に五色をほぐした。ぬるり、ぬるり、と出し入れされ、求めに応じるようにひくつく。

黒瀬の両手はびしょびしょに濡れていた。太股の内側にも伝っている。たっぷりと溢れたそれは二人の思いそのままに褥（しとね）を濡らした。

「……頼む、よ……、……っく、……いい加減、焦らさ……な……、……あぁ……」

仰向けにされると、自分の中心を扱きながら覆い被さってくる黒瀬に浅ましい欲望を刺激される。

再び目にした牡のシンボルは、先ほどよりもさらに怒張していた。くびれの先は大蛇さながらで、そこから滴る濃い蜜は獲物を前に舌なめずりをする獣の唾液のようだ。

早く来てくれ、早く。

膝で軽く促されただけで、五色は脚を大きく開いた。はぁ、と荒っぽい息を吐きながらあてがわれた瞬間、形容しがたい悦びに全身が痺（しび）れる。ジワリと押し広げられたかと思うと、それは圧倒的な存在感をもって五色の中を満たした。

「ぁあ……、あぁ……、――ぁぁぁあああああ……っ！」

引き裂かれる衝撃とともに訪れたのは、思考も何もかも無にするような凄絶な快楽。

「春っ、……っく、……あずま……っ」

いきなり奥まで突き立てられ、全身がわななく。足を突っ張らせ、より深く呑み込もうと腰を浮かせた。

「あ、あ、あ、あっ、やっ」

暴力的とも言える抽挿に、悲鳴に似た声が溢れた。ベッドがギシギシと音を立て、二人の激しさを暴露する。

「言った、だろう……、お前の、フェロモンは……っ、——っく、強烈、だってな……」

黒瀬もまた、濁流のような興奮に翻弄されているのか。

自分だけではないと確信するにつけ、欲望はさらにその存在を濃くする。

「……春、お前を……殺して、しまい、そうだ……、……っく、……ッは」

「あっ、ぁあっ」

「はぁ、——っく、……春っ、……はぁ、——あずま……っ」

ハッ、ハッ、ハッ、と獲物を追う獣のような息遣いに追い立てられるように、五色は快楽の頂へと登りつめていった。

強く。もっと強く。

願うほど自分が放つフェロモンが色濃くなっていくことを五色は知っている。黒瀬もまた凶暴になる自分を抑えきれず、ただ目の前の獲物に歯を立てるだけだ。

指が強く肌に喰い込むほど、黒瀬の理性が崩壊していくのを感じた。かろうじて片鱗だけが残っていて、五色を傷つけまいとしている。けれども五色は突き殺して欲しいと思うほどの劣情に見舞われていて、中でいっそう雄々しく勃ち上がるそれを喰い締めずにはいられなかった。腰を摑まれて引き寄せられ、さらに深く繫がる。

「――はぁ……っ、……出す、ぞ」

「ぁあー……っ、ぁあっ、あぁぁ……ぁ、……ぁあ……っ」

ガクガクと膝が震えた。

アルファの射精は長く、ひとたび始まるとなかなか終わらない。

「やぁ、やっ、やぁぁ……っ」

ビクン、ビクン、と尻を痙攣させながら注がれるものをすべて飲み干すが、それでも許さないとばかりに五色を責め苛む。

「駄目、駄目……っ、もう……っ」

限界を訴えたが、中のものはドクン、と脈打ち、さらに激しく震えた。意識に霞がかかったようになり、くらくらする。

「まだ、だ……、……全部、……零すな」

「ひ……っ、……く、……ぁ……あっ、――ぁあ……ぁ……っ」

乱れている。黒瀬が、獣のように自分を求めている。その事実があればよかった。

「あー……、あぁー……、……あぁあー……」

虚ろな目で、なおも注がれるものを腹の奥にため込む。繋がったまま全身をブルブルと震わせながら、五色はいつまでも黒瀬を受け止め続けた。

2

「ほんと広い敷地だな」

黒瀬とは別の意味で太陽が似合わない男――矢内誠次(やないせいじ)が来たのは、黒瀬が急に軍に呼び出された日から十日ほどが経ってからだ。

あれから黒瀬は軍の仕事が忙しくなり、休日返上で出かけている。五色も子供たちの世話に追われる毎日で、今日も水遊びをさせた。昼はお好み焼きをみんなで作ったため屋敷は子供たちの笑い声で満たされたが、どこか不穏な空気を感じずにはいられない。昼寝中の今もそれは同じで、気がつけば眉間にシワを寄せている。

「薬は飲んでるか？」

五色の状態を律儀に確認する矢内に、口許を緩めた。がさつだが悪い男ではない。

「ええ、もちろんです。今は発情期じゃないし、緊急時の注射も持ってるので安心していいですよ」

「武田先生のところに行ってきたよ。相変わらずあの爺(じい)さんはチェスが下手だな」

「また勝負したんですか。先生をあんまり虐めないでくださいよ」

武田は診療所の医師だ。オメガの診察をしており、診療所の裏に漢方薬専門の薬局を構えている。武田が出す処方箋どおりに漢方を調合するのが五色の仕事だった。

行くところがなかった五色を拾ってくれ、店の二階に住み込みさせてもらって働いていた。一生かけても返せない恩を感じている相手だ。

「大事にされてるじゃねぇか。軍の警護がついてるなんてな」

屋敷の正門と裏門には警護の者がいて、人の出入りがすべてチェックされている。屋敷の中には入ってこないが、何かあれば即対応できる。

「そろそろ普通の生活に戻りたいんですがね」

「発情しないポンコツオメガだったはずのお前さんが、軍に警護される貴重な存在だったなんて世の中わからんな」

「すみませんね。俺は俺ですよ」

「黒瀬の奴は優しいか？」

「どうですかね」

不器用な優しさをいつも感じているが、それをこの男に教えるつもりはない。しかし、どうやらお見通しのようだ。ニヤリと意味深な笑みを見せられた。

「答えになってねぇぞ」

「あなたは何しに来たんですか？」

「まぁ、ちょっとな」

矢内はアルファだ。アルファやオメガが関係しない通常の事件を捜査する立場にあるが、どこからか情報を仕入れてくる。エリートとして社会的地位を手にすることもできるだろうに、現場の刑事にこだわってきた。第二の性に胡坐をかく者もいれば、ささやかな抵抗を試みる者もいる。

ベータでありながらアルファ並みの能力を持つ武田が国からの誘いを断り続け、今もオメガのために診療所を経営しているのと同じ理由だろう。

「黒瀬の野郎は軍か？」

「ええ」

「大佐に昇進したんだってな。最近忙しいだろう？」

勿体ぶった言い方に目が据わる。この男はひねくれていて、わざとこんなふうに焦らして相手の反応を楽しむところがあった。

「早く言ってくださいよ」

「新たなSアルファが見つかった」

催促はしたが、いきなり核心をつく話を切り出されて一瞬動きが止まった。矢内の表情はいつになく真面目で、よく飛び出す軽口も今は鳴りを潜めている。

「で、その人は今どうしてるんです？」

「逃げたらしいぞ」

「逃げた？」

「何か企んでるのは確かだな」

最近その存在がようやく確認できたSオメガと違い、突然変異で生まれるSアルファは以前から軍が把握していた。所在も含め、きちんと管理されていると聞いている。

オメガを自在に発情させられることから、危険な存在とも言えた。その能力を使われれば、社会は混乱する。

「それで、そのSアルファはどうして存在がわかったんですか？」

「オメガの拉致に関わっていたそうだ」

「オメガの拉致……」

鉛を呑み込んだ気分だった。

オメガが性被害に遭いやすいことから、アルファやオメガの婚姻に関しては軍が管理してきた。保護が主な目的だが、裏で行われていた人権侵害が公のものとなり、軍で強い権限を握っていた黒瀬の父親や腹違いの兄の失脚を招いた。『オメガ狩り』への批判も増え、現在はほとんど行われていない。

しかしその結果、皮肉にも犯罪組織によるオメガの人身売買が盛んになっているのも事実だ。軍で保護されなかったオメガは、連中の格好の的となっている。

オメガを取り巻く環境は、いまだ厳しいのが現状だ。

「……アルファ至上主義者」

黒瀬から聞いた言葉が無意識に零れた。矢内の目が鋭くなる。

「『AAsA』を知ってるのか」

「アルファを絶対的な存在だとする人たちですよね」

「ああ、そうだ。結社だとか絶対的な存在って意味の英語の頭文字を取って、そう名乗ってるらしい」

「どの程度隠れているんですかね？」

「楽観できる数じゃねぇだろうな。医師、弁護士。エリート揃いだ。もちろん政治家の中にもいる。実行犯として動いてなくても資金提供してるだろうから、『AAsA』の活動費は潤沢に違いねぇな」

アルファの数を増やし、国力を上げる。それは、人のために国があるのではなく、国のために人がいるという考え方だ。危険な思想に背中がゾクリとなる。

「旦那も危ねぇぞ。オメガの人権を守ろうとするアルファなんて、奴らにすれば邪魔な存在でしかない。上沼たちを失脚させた中心人物だしな。下手すりゃ命を狙われる」

開け放った窓から吹き込んできた風が、五色の前髪を軽く撫でた。息を吸えば爽やかな空気を肺に取り込むことができるのに、水分を多く含んだ雨雲が立ち籠めるかのごとく気分は鬱々としてくる。

まだ終わっていない。オメガを取り巻く様々な事柄は、改善の方向に向かっているようで実際は足踏みをしているのと同じだ。いや、むしろ後退しているのかもしれない。

Sオメガという未知の爆弾を抱える自分と、危険の中にいる黒瀬。このまま穏やかに過ごせるわけがない。

『診療所で……診てもらえ……っ、抑えられて……ないぞ』

抱き合った時の黒瀬の表情を思い出し、自分がどれほど大事にされているのか改めて実感した。

手放したくない。今を。

自分は発情しないオメガだと思い、淡々と生きていた。穏やかで、危険とは無関係な場所にいた。死ぬまでそれでいいと思っていた。身を震わせる激情も情熱も必要なかった。無事に過ごすことが最大の幸せだった。

けれども黒瀬に会って、すべてひっくり返された。

黒瀬の存在が五色に欠けていた感情を与えたと言っていいだろう。いけすかない軍の犬だと思っていた相手の心を垣間見てから、黒瀬への想いは形を変えた。

Sアルファという特別な存在だった黒瀬は、孤独の中に置き去りにされていた。氷柱に閉じ込められていたようなものだ。

厚い氷から彼を解き放ったのは、バーナーの先から出る強烈な熱でも頑丈な鉄でできたノミの刃先でもなく、黒瀬と同じく氷柱の奥に囚われていた五色の存在だった。

二つの氷が重なった時、雪解け水が染み出すように一滴一滴、溶けていった。それはやがて一つになり、せせらぎを奏でる。

少しずつ明かされる人間らしい感情。婚外子でありながら、その能力故に腹違いの兄の上沼の右腕として取り立てられた黒瀬の苦しみ。嫉妬と憎悪ばかりを向けられ、己の中に愛情があることにも気づけないほど、父親からも愛を注がれなかった。

いつまでも発情せず、両親にさえ不必要な存在とされた五色の心が呼応するのは、自然なことだったのかもしれない。

二人の心は今、乱反射しながら流れ続けている。

「ママー」

その時、ドアが開いてマルオが顔を覗かせた。五色たちの会話が聞こえてベッドを抜け出してきたのだろう。

「あーっ、ちくちくのおじちゃんだ!」

はじめは眠そうだったが、矢内の姿を見るなりおばけにでも出会(でくわ)したように目を丸くして指差した。ちくちくのおじちゃんの由来は、無精髭(ぶしょうひげ)だ。前に頬ずりのイタズラをされて以来、マルオは矢内をそう呼び、警戒している。

どんな憂鬱の沼からも一気に引き揚げてくれる子供たちの存在に、破顔した。

「ちくちくのおじちゃんがきたよ！」

振り返りながら叫ぶマルオに呼応するように、廊下の向こうから子供たちの声が聞こえてくる。

「あーっ、ちくちくせいじん！」

「よぉ、チビども。元気か？」

「きたな！　たいじしてやる！　とぉ！」

ユウキが部屋に飛び込んできて、矢内に空手チョップを叩き込んだ。しかし、容赦なく抱えられて逆さづりにされる。

「小僧、俺に挑むなんざぁ百万年早いんだよ」

「うわ～、わるものめ！　タキッ、キックだ！」

「ユウキをはなせ、えいっ！」

「放せと言われて放す奴は悪者じゃねぇぞ～」

空いた左手でタキを抱えた矢内は、無精髭の生えた顎で交互に『頭ぐりぐり』をした。押しつけられるちくちくに二人は「たおしてやる！」だの「あくとうめ！」だの楽しそうに叫んでいる。その様子にヨウが圧倒されていた。

ユウキもタキも声をあげて笑っているのに、ヨウの耳には届いていないらしい。

「ヨウ。カナタはまだ寝てるか？」

「えっと……うんとね、ねてた」

矢内を警戒してか、出入り口付近に佇んだままだ。ちくちく攻めが怖いらしい。さすがに恐怖に震えるおとなしいヨウにまでそれをするほど矢内が愚かとは思えず、大丈夫だとその頭に手を置く。

「矢内さん、子供たちを頼みますね」

「人使い荒いのは先生譲りだな」

「自分が一番楽しそうじゃないですか。ヨウ、あのおじさんが襲ってきたら、脛を蹴ってやれ。わかったな」

艶のあるおかっぱにキスをし、五色は子供部屋に向かった。ちょうどドアの前に来たところで、今まで静かだった部屋から泣き声が聞こえてくる。

「悪かったな、カナタ。一人で寂しかっただろ。はいはい、泣くな泣くな」

抱き上げて背中をトントン叩いてやるが、泣きやまなかった。リビングの騒ぎで起こされたのだろう。ここまで「いがぐり攻撃！」と矢内の声が聞こえてくる。

「ったく何してるんだ、あの人は」

呆れ、カナタを抱っこしてリビングに戻った。どうやらオムツが濡れている。ベビーベッドに寝かせてテキパキとオムツを替えていると、矢内が手元を覗き込んでくる。

「お～、大量に出たな」

「矢内さんも結婚した時のためにオムツ替えくらい練習しといたほうがいいですよ」

「なんで俺が……」

「はい、できた。イイ子だったな、カナタ」

このままベッドに寝かせておいてもよかったが、イタズラ心が湧いてきた。汚れたオムツを捨てに行くついでにカナタを渡してやる。

「はい、矢内さん抱っこ頼みますよ」

「ぉおっ！　ちょちょちょ、ちょっと待ってくれ！」

カナタは火がついたように泣き出した。

今までちくちく星人として暴虐の限りを尽くしていたのに、赤子を手渡されると子羊のように怯えてオロオロする。あやしているがまったく効果はなく、子供たちにカナタを泣かせるなと文句を言われて焦っていた。戻ってきてもまだ慌てふためいていて、あまりのへたれぶりに笑いが込み上げてくる。

「ほら、おいでカナタ。ちくちくのおじちゃんは抱っこ下手クソだなぁ」

「俺にそんなもん渡すな」

「だから練習ですよ。父親になった時、何もできないと愛想尽かされますよ」

「黒瀬の野郎もオムツ替えるのか？」

「結構上手ですよ」

「あの黒瀬がねぇ。想像できねぇよ」

矢内は軽く鼻を鳴らした。同感だと心の中で頷く。カナタのオムツを替える黒瀬は、いいパパだ。急に会いたくなる。子供たち以上に、黒瀬を待っているのかもしれない。

「それじゃあ新しい情報が入ったらまた来る」

「ええ。頼りにしてますよ」

五色は黒瀬を思いながら、手を軽く上げて帰っていく矢内を見送った。

その日の夜、五色は一人寝室のベッドに横たわっていた。

子供たちを寝かしつける頃には躰はクタクタに疲れていて、オメガの拉致に関わっていたSアルファのことなど忘れていた。けれども一人になると、途端に様々なことが頭に浮かんでくる。

メリーゴーラウンドのように楽しければいいが、通り過ぎるのは中身の見えない黒い箱ばかりだ。恐ろしいものが息を潜めているのを感じているが、何が飛び出すかまではわからない。それでも日々の疲れは五色を眠りの愉楽へと誘い、静かな湖の底に沈められたように昏々とそれを貪るばかりだった。

「ん……」

どのくらい寝ただろうか。目を覚ますと、なぜか満たされた気分だった。シャワーを浴びようと身を起こした瞬間、ベッドから何かが転げる。

「……なんだこりゃ」

ベッドには黒瀬の私物がいくつもあった。シャツなどの衣類や万年筆など書斎に置いてあるもの。床に落ちたのは黒瀬が使うマグカップだ。それを拾い、マジマジと見つめる。

「俺の仕業か」

好きな相手の持ち物を無意識に集める『巣作り』はオメガに見られる特有の習性だが、番になっても収まらない。会えない日々が続いた時は特にだ。

先週、数日帰らないと言われた反動か。

「あー、もう面倒臭ぇ」

返すのが億劫で、収集物はそのままにシャワーを浴びに行った。ざっと疲れを洗い流すと、枕の上にバスタオルを置いて濡れ髪でベッドに再び潜り込む。

ベッドは黒瀬の匂いで溢れている。ただの匂いではない。フェロモンのように感じるものだ。囲まれていると落ち着く。しばらく帰らないならこのまま黒瀬の私物の中で寝るのも悪くない。

はぁ、とため息をついて寝返りを打った。最近、黒瀬を思うと躰が疼く。発情のサイクルは安定していたのに、気持ちがスイッチを押すのだ。

躰が黒瀬を欲しがっている。繋がりたがっている。

躰のずっと奥のほうにある器官が、黒瀬の子を身籠もりたいと啜り泣いているのかもしれない。

その時、手にしているものに気づいて「あ……」と声をあげた。ペーパーナイフだ。こんなものまで。

クン、と鼻を擦りつけた。それを握り、頬に押し当てながら枕に顔を埋める。

しばらくそうしているとサイドテーブルの上でバイブ音がした。黒瀬からの電話だ。心臓がトクトク鳴った。声が聞ける。

そんなに飢えているのかと嗤いながらも、慌てて手を伸ばす自分を抑えきれない。

『寝ていたか』

開口一番、色気のない言い方で聞かれる。けれども硬質な声の響きは、むしろ欲望を内にため込んだ五色にはそそられた。自分ばかりが熟れている気がして、よくない。

「起きてたよ。子供たちを寝かせたあとシャワー浴びてきた」

努めて冷静な声を装うのは、いつもの癖だ。

『そうか』

「Sアルファが見つかったって?」

いきなり斬り込んでやるが、黒瀬は動じなかった。ああ、と返ってきて、さすがだな……、と嗤い、続ける。

「この前の急な呼び出しはそのことだったんだろう?」

『悪かった』

思いのほか素直だったため、面喰らった。だが、逆にことの重大さを示唆しているようでもある。

オメガの発情を自在に操れるSアルファが拉致に関わっているとなると、かなり厄介だ。どこに隠れていてもオメガを見つけ出してしまう。薬で抑えていても無意味だ。即効性のあるアンプルを持っていなければ発情する。

五色は常に持ち歩いているが、一般のオメガがそれを入手するのは困難だ。

「なんで隠すんだよ」

『心配かけたくなかった』

「見くびるなよ。護られてばかりなんて性に合わない」

『そうだな。お前がどういう男か忘れていたよ、春』

春——下の名前を呼ばれて、五色の中の何かが反応した。小さな火種は、油断しているとあっという間に燃え広がる。何度も経験しているからわかるのだ。

ふいにそれはやってきて、延焼し、滅茶苦茶に焼き尽くす。いったん業火に襲われるとそれは周りの酸素を取り込みながら巨大になっていく。頼むから、十分焦れてるから。心の中で訴えても、燃えることだけに生きる炎は誰の声にも耳を貸さない。

『寂しいか？』

「別に……。わんぱくどもの面倒を見るので精一杯だからな」

『そうか』

子供たちの話をすると、黒瀬の声が柔らかくなるのがわかる。

五色はベッドに持ち込んでいたペーパーナイフを無意識にギュッと握っていた。指で表面の凹凸をなぞり、これを使う黒瀬の手を想像する。

長い指。関節の部分が太く、形のいい爪はいつも短く切ってある。最低限の手入れしかしていないが、色気のある手だ。

想像は想像を呼び、自分を狂わせる時の動きまで連想してしまっていた。

肌に喰い込む指先。五色が濡れると、それは蕾を掻き分けて体内へと侵入してくる。弱い部分を責める術を知り尽くしていて、どんなに逃げ惑おうが最後には捕まり、何もかもさらけ出すはめになる。

理想的な男の指と言えるほど整ったそれで浅ましさを暴かれる恥辱を味わいながらも、躰を許し、すべてを受け入れる瞬間のなんと甘美なことか……。

『黙り込んでどうした？』

「別に……、ただ……」

息があがりそうになるのを堪えた。肉体的な発情とは違う。飢えているのは心だ。意識を逸らそうと、迫る危険について考える。

「逃げたSアルファ、どうやって、捜すんだ？」

『その方法がわかれば苦労しない。地道に足跡を辿ってるところだ』

Sアルファなら身分は保障されたも同じだ。それなのに身を隠してまで拉致に手を染めるのは、なぜだろうか。金のためだけと考えるのは、単純すぎる。

「どこまで、追えてるんだよ」

『共犯者を一人捕まえたが、取り調べの最中に奥歯に仕込んであった毒で死んだ』

「服毒死か」

『ただの金儲けならここまでしない。思想が絡んでる』

ますます恐ろしい相手だと実感するには、十分だった。

『こんな話ばかりして悪いな』

「いいよ、別に。あんたは軍人だからな」

『しばらく帰れない』

「わかってる」

『そろそろあいつらの通う幼稚園も決めないとな』

ふと空気が緩んだ。物騒な話ばかりしていては息がつまる。

「俺が探してる。いいところがいくつかあった」

子供たちの安全のために屋敷に匿っていたが、いつまでも外部との接触を制限するわけにはいかない。いずれ社会の中に出て行かなければならないのだ。全力で子供たちを護るつもりだが、ペットのようにただ手元に置くのではなく、自分の足で立つ力をつけてやらなければ。

「今度ユウキを連れて見学に行こうと思ってるんだ」

『俺もなるべく行く』

「無理するなって」

『一人で行くつもりか？』

「まだ下見の段階だし、メグたちはシッターに頼めばいい」

『俺たちの子だ。お前一人行かせるわけにはいかない』

せっかく意識を逸らしていたのに「行く」という単語に反応した。動物か、と自分の単純さに呆れるが、黒瀬の声で行くつもりかだの行かせるわけにはいかないだの言われると、熱を帯びた夜を思い出してしまうから困りものだ。

似たような言葉を何度注がれただろうか。

『どうした？』

「べ、別に……」

『俺が戻るまでため込んでおけ』

「――っ！」

『じゃあな。仕事だ』

プツン、と電話は切れた。「どうした？」なんて言っておきながら、その実五色がどんな状態なのかわかっていたのだ。そして、わかった上でとんだ置き土産をしていく。

ひどい。こんな、ひどい。

「ったく、あのサディスト」

恨めしさを噛み締めながら枕の下に手を伸ばすと、黒瀬の靴下が出てきた。洗濯物を取り込んだ時にでも持ってきたのだろう。マットレスの下も確認すると、いくつか靴下が隠されている。

数日前に、片方しかない靴下が増えたと黒瀬が言っていたのを思い出す。

「犯人は俺か……」

躰にくすぶる熱をため息とともにすべて吐き出せたらいいのに。

その願いも虚しく、今夜も熱をため込んだまま独り寝の夜を過ごさなければならない。

電話を切った黒瀬は、五色の声の余韻を味わっていた。

オメガの発情に対して自制が利き、オメガを自在に発情させせられるSアルファの黒瀬には、怖いものなどなかった。

オメガの発情を前に無力なことを憂えているアルファもいる。動物のようになる自分を嫌悪するのだ。だが、黒瀬は違った。オメガがどれほど激しく躰を疼かせ、フェロモンを振りまいても微塵(みじん)も影響されない。動物的な自分を抑えられないアルファを気の毒に思っていた。

そんな自分が唯一『発情(ラット)』というアルファ側の制御不能状態に陥る相手に出会った。あの時のことはよく覚えている。

味わったことのない感覚。呼び寄せられた。激しい衝動のまま、フェロモンを辿るようにして入った路地で五色を見つけた。蹲って苦しむ姿を見て、全部吹き飛んだ。理性も何もかも。ただ求めた。求めるしかなかった。知識としてあったものが実感として襲いかかってきた瞬間でもある。

けれども今は違った。電話を通してフェロモンが届くはずがない。それなのに、五色の声を聞いただけで心が掻き乱される。それまで穏やかな流れだった川が氾濫するように、五色を求めて激しく飛沫(しぶき)を上げる。

初めて五色のフェロモンにあてられ、五色を犯した時とは明らかに違う反応だ。もっと厄介だった。五色を想う気持ちが招く心の発情。

子供の頃、路地裏で蝶々を捕獲したことがあった。

蝶々などいる環境ではなく嬉しくて持ち帰ったが、無意識に握り締めていたのだろう。気がつくと、さっきまで動いていた蝶々の翅はボロボロになり、手のひらには汗で鱗粉がたくさんついていた。呆然としたのを覚えている。

あの時のように、強すぎる想いが五色を握り潰してしまうのではないかと、時々怖くなる。

「どうだ？」

声をかけられ、黒瀬は我に返った。振り返ると、軍服に身を包んだ男が立っている。

「阿合中将」

阿合は、捕まった黒瀬の父や腹違いの兄たちに替わって軍をまとめている上層部の一人だ。それまで上層部が行ってきたオメガの人権侵害の証拠収集に力を注ぎ、秘密裏に指揮をとっていた人物でもあった。

この男の下で、何人もの同志がオメガの人権のために尽力してきた。これからもだ。しかし、軍の再編成によって恩恵が受けられなくなった者たちは、油断ならない数で反逆ののろしをいつ上げようかと狙っている。『ＡＡｓＡ』の存在が明らかになったのも、無関係ではないだろう。

これまで彼らが表立って行動しなかったのは、かつての軍上層部と価値観が共通していたからに違いない。アルファを特権階級だと思っている人間が軍を仕切っているうちは、自分たちも安泰でいられた。

その地盤が崩れつつある今、どう出るかわからない。

「足取りは途絶えたままです。もう少し時間がかかるかと」

「気をつけろ。これまでとは違うんだからな」

「わかってます。警察に信用できる協力者もいますから。一度お会いになりますか？」

「いいや、人選は任せたんだ。お前が決めたのなら文句は言わん」

軍上層部の悪事が公のものとなり、連日の報道で国全体がオメガの人権に関心を持ったのはいい。けれども、逆にアルファ至上主義者の結束が固まったと言ってもいいだろう。

　世論という名の愚民どもの反乱は、選民意識の高いエリートたちを心底憤らせた。

「今度の相手はさらに厄介だぞ。私利私欲で動いてる連中ほど単純じゃない。しかも、お前の能力は連中にとっても魅力だ」

「利用される前に潰します」

「頼もしいな。外部機関の人間もようやくメンバーが決まった。これからだな」

暴走を許さないためにと、このたび軍を監視する外部機関が設置された。オメガの人権を護る改革を目指している自分たちには、喜ばしいことだ。

だが、時折味方のはずの存在が状況の改善を阻むこともある。お役所仕事をされれば、逆に足を引っ張る結果になりかねない。時にルールは正義の邪魔になる。

「頭の固い連中じゃないといいんですが」

「様子見するしかない。あっちのほうはどうだ？　上手くいきそうか？」

阿合の言うあっちのほうとは、実験のことだろう。黒瀬は軍の研究チームと手を組んで、ある試薬の開発に取り組んでいる。ここ最近、ほとんど屋敷に帰れないのもそのせいだ。

けれども開発に成功すれば、五色が背負うものを少しだけ取り除いてやれる。

「休息は取れよ。ただでさえSアルファの捜索で忙しいってのに、過労死するぞ」

「平気ですよ」

「お前はタフだからそう言うと思ったが、あんまりほったらかしにすると亀裂が入るぞ」

「なんのことですか？」

「お前は本当に駄目な男だな」

Sアルファの黒瀬を『駄目な男』呼ばわりするのは、軍では阿合くらいだろう。苦笑いしながら、察しの悪い黒瀬に諦めたように続けた。

「五色春だったな。お前の腹違いの兄貴が捨てたオメガの子供たちを世話してるんだろう？　血の繋がりがないってのに尊敬するよ。子育てってのは、俺たちが思っている以上に大変だからな」

阿合も番との間に子供がいるからか、子育てについては理解がある。

「人を育てるのは難しい。俺たちの仕事とは異なる難しさだ」

阿合の言いたいことはわかった。

黒瀬たちの敵は危険だ。偏った思想の集団がいて、政治家の中にも紛れている。隠れた差別主義者を炙り出すのは、簡単ではない。

だが、すぐに壊れるか弱き存在を護るのも、想像以上の苦労があるはずだ。

毎日同じことの繰り返し。一度、カナタを見ているよう頼まれていた黒瀬が考え事をしていて危険な目に遭わせたことがあった。

口に入れた万年筆のキャップ。飛んできた五色に罵られた。たった数秒目を離した隙のできごとだ。ユウキたちを引き取った時はもう少し大きくなっていたから、赤子がこれほど危険と隣り合わせで生きていると知らなかった。

それを護る五色は、常に神経を使っているだろう。

「時には早く帰してやりたいが、悪いな」

「いえ。この件が片づいたらまとめて休みをいただきますよ」

「お前が言うと脅迫されてるみたいに聞こえるぞ」

ククッ、と笑い、「愛想を尽かされないよう今は贈り物でもしておけ」と言い残して歩いていく。その背中を見送りながら、五色のことを考えていた。

何がいいだろう。五色はものに執着しない。出会った頃から物欲などとは無縁で、達観して老人めいたところがあった。それは今も変わらない。

ただ、子供たちと一緒にいる時は幸せそうだ。並んで料理をしている時も。はじめは子供たちの世話を押しつけられて迷惑そうだったのに、あんな顔をするようになったのはいつからだろうか。

ふと笑い、軍ではいつも張りつめている気が緩んでいることに気づいた。阿合には時々緩めろとよく言われる。五色のことを考えればいいのだ。

五色のこと。

持ち物がなくなったと思うと、ベッドの中から見つかることがある。

オメガ特有の巣作りの症状だろう。つまり、五色が自分を好きな証しだ。こんなふうに考える自分は、確かに駄目な男だと嗤った。

一目会った瞬間にすべてを奪われた。魂の番だと確信し、今も揺るぎなく信じているのに、証しなんて必要ないのに、つい探してしまう。

子供たちの中で一番おませのメグによくアドバイスされることを思い出した。

五色にプレゼントするのは何がいいか、今度メグに聞いてみよう。

黒瀬の私物をベッドに持ち込んでは返す日々は、しばらく続いた。

薬で抑えられるのは肉体的な発情だけで、心まではコントロールできない。焦がれる夜をいくつも越えては無邪気な子供たちに癒やされる時を重ね、五色の日常は過ぎていく。

黒瀬が男を連れてきたのは、吸い込まれるような青空が広がる真昼の時間。子供たちがようやく昼寝を始めた頃だった。

「お帰り」

「ああ、ただいま。あいつらは？」

「やっと昼寝したところだから起こすなよ」

目の前に箱が差し出され、五色はその向こうに見える黒瀬の深い色の瞳と白い箱を見比べた。

「何？」

「ケーキだが」

子供たちへのお土産らしい。軍服を着た能面みたいな顔で言われるとたじろぐが、みんなのはしゃぐ姿を想像して思わず笑った。特にマルオは喜ぶだろう。子供たちの幸せそうな姿を目にしただけで、自分も幸せな気分になるから不思議だ。

「なんだよ？」

「いや。嬉しそうだと思ってな」

「あいつらが喜ぶからな。昼寝から覚めたらみんなで食べよう。で、あの人は？」

先ほどからずっと部屋の出入り口に立っている男に目を遣ると、黒瀬が口を開く前にこちらへ歩いてくる。

「はじめまして。荒木海斗と申します」

柔らかな声の男は、規律を擬人化したみたいな男だった。細い銀縁のメガネと、毎日散髪しているのかと思うほどきっちりと整えられた襟足。色の薄いスーツはシングルの二つボタンで清潔感が溢れていた。ピンと伸びた背筋に、なぜか息苦しささすら覚える。

話によると、新しく設置された軍を監視する外部機関——政府の人間だという。軍の権限が強すぎたため起きた問題を解決すべく、調査に乗り出している。人選に時間がかかったと聞いているが、ようやく動き出したらしい。

写真入りの身分証を見せられ、軽く頭を下げた。

「わたしたちが求めるのは、正常な軍の運営です。人権の侵害がなかったかなど、オメガの聞き取り調査を行っているところでして、わたしがあなたの担当となります」

「急で悪いな。抜き打ちでの調査らしい」

その性質を考えると当然だ。

「政府の人って……つまり、あなたはアルファなんですよね？」

「いえ、オメガです。聞き取り調査を行う者は番のいるアルファが担当しています。ですがあなたはSオメガですので、万が一を考えてわたしが派遣されました」

ごく稀にオメガでありながらアルファに混じって仕事をするエリートはいると聞いている。だが、相当の努力が必要になるのは間違いなかった。

ある意味、飢えた獣の檻の中にいるのと同じだ。発情を薬でコントロールしているとはいえ、アルファとともに仕事をする精神的負担は大きいだろう。しかし逆を言えば、そんな荒木だからこそ今回の仕事を任されたのかもしれない。

「聞き取りはリビングでいいですか？」

「ええ、まずお二人一緒で行います。そのあと個別の調査を。屋敷も見て回ります。人権が侵害されていると思われるものが発見されれば、即あなたを保護の対象に」

「例えばなんですか？」

「わかりません。そう判断できるものという意味です」

不安になった。人権侵害の事実などないと言いきれる。心配する必要などなさそうだが、判断するのはこの男だ。この男がどう思うかによって決まると言っていいだろう。

「何か基準とか指標みたいなものはないんですか？」

「基準や指標？」

「行動を制限されているとか。俺はされてないけど、基準もなしに……」

言いかけたところで、ドアの隙間から覗く小さな影が見えた。すぐに向かう。

「ママ……」

「どうした、ヨウ」

人見知りのヨウは、不安そうに五色を見上げた。寝ている間に屋敷に知らない人間が来たのだ。何か感じ取っているのかもしれない。

「ママ、だれ？」

「大丈夫だ。この人は政府の人だよ。まだ昼寝の時間だろ？」

ヨウはいつになく甘えてきて、五色から離れようとしなかった。ここ最近感じている不穏な空気を、五色を通してヨウも察しているのかもしれない。子供は敏感だ。

「パパのところへおいで」

黒瀬が言うと、ヨウはたたた、と走って行き、黒瀬に抱えられた。抱っこされて少しは落ち着いたようだが、近くにいる荒木をじっと見ている。

「このままでいいか？」

「ええ、構いませんよ。ヨウちゃんっていうんだね。わたしはみんなが元気かどうか見にきたんだよ。いろいろ教えてくれるかな？」

荒木は子供の対応が上手かった。優しい声色を使ったり目線の位置を低くしたり、基本的な扱いを心得ている。人一倍気が弱いヨウでなければ、警戒心は解けただろう。

「パパ、ママ。……こわい」

「じゃあこうしていろ。ギュッとしてたら怖くないだろう？」

不安がるヨウを黒瀬の膝に乗せたまま、二人は聞き取り調査に応じた。

内容は日々の生活について。不便なことや困ったこと。必要な支援はないかなど。

黒瀬への気持ちが本物なのか聞かれた時は閉口した。無理矢理番にされたのではないと証明するためだろうが、本人を目の前に自分の気持ちを語る居心地の悪さ。

しかし、黒瀬はどう思っているのかわからない表情だ。自分がこんなに恥ずかしい思いをしているのに黒瀬が平然と座っていることが、少しばかり不満だった。

それから質問は黒瀬へ移行し、ここでもいたたまれない時間を過ごす。

臆面もなく五色への気持ちが本物だと口に出す黒瀬に、顔がジリジリと熱くなった。拷問だ。ただ、淡々と語る黒瀬の声にヨウが落ち着いたのはよかった。黒瀬の胸板に躰をぴったりとつけているため、声を発する時の振動が伝わって安心するのかもしれない。

その次は屋敷の調査で、ヨウを抱っこしたままの黒瀬とともに荒木を案内する。

「使用人がいるんですね」

「ええ。できるだけ顔を合わせなくていいように、時間を決めて屋敷の掃除をしてもらってます。働いている人の顔は覚えてますけど、会話することはほとんどないです」

「リストが必要か？」

Data No.3
Data No.4
Data No.1

「はい、お願いします。徹底して五色さんを護ろうとしているんですね」

「Sオメガだからな。未知の部分が多い。用心に越したことはないだろう」

「確かに」

五色の屋敷での扱いに、荒木は満足そうだった。子供部屋以外すべて見て回り、リビングに戻ってくると黒瀬に渡されたリストを舐め回すように見る。

「使用人の人選にも気を配っているようですね」

「もちろんだ」

子供たちの昼寝の時間が終わる頃には、荒木の調査もひと通り済んだ。ヨウは黒瀬に抱っこされたまま眠ってしまった。

「では、今後の調査についての予定をお伝えしておきます」

予定表と書かれた紙を渡されて目を通す。発情期を避けた日程が組まれていた。薬で抑えていても躰がだるかったり体調は万全とは言えない。十分な配慮に、オメガだからこその気遣いを感じる。

しかし、先ほどの黒瀬に対する質問が気になっていた。

「どうかしましたか?」

「あ、いえ。別になんでもありません」

五色と出会った時のことを執拗に聞いてきたのには、何か理由（わけ）があるのだろうか。確かに、初めての発情に苦しむ五色を黒瀬は襲った。本能のままに貪られた。だが、それは五色もだ。過去を掘り返すと、いくらでも難癖をつけられる。

あらを探しているようにも感じた。何か一つでも落ち度があれば、保護という名目ですぐにでも五色を連れていこうとしていると考えるのは、穿ちすぎだろうか。

「それでは、今日はこの辺で……。リストのデータはあとで転送しておいてください」

荒木は次の訪問予定を確認してから帰っていった。黒瀬に抱きかかえられて眠っているヨウを見て、安心する。

マルオほどではないが、大きくなったヨウはさぞ重いだろう。

「大丈夫か？」

「何がだ？」

腕は疲れないかと聞いたのに「何がだ？」だ。はは、と笑い、つい軍服の下に隠された肉体を想像する。

何日もベッドで夜をともにしていないからか、急に欲しくなった。

「な、なんか飲むか？」

「ああ。ヨウを寝かせてくる。あいつらの顔も見たいからな」

紅茶を淹れ、子供部屋から戻ってきた黒瀬とリビングのソファーに並んで座った。やけに近いなと思っていると、クン、と髪の匂いを嗅がれる。

「なんだよ？」

「何って匂いを嗅いでるんだが」

ロマンチックなのかそうでないのか。これが不器用な愛の囁きだとわかるまで、黒瀬は五色の黒髪にキスの雨を降らせる。

「あ、あのさぁ、昼寝の時間、もう終わるんだぞ」

「あと三十分はあるだろう」

「明るいうちから、よく……そんな気に……」

躰を引くが、そうするとソファーの隅に追いつめられる。

「なぁ、煽るなって」

意図的に発情を促しているとも思えないが、五色は今、自分でも信じられないほど欲していた。

「奥さんが疼いてるようだからな」

「何が奥さんだ。なんでそういう、言い方……」

「お前が嫌がるからだ」

「なんだよ、めずらしく、ケーキなんか……買ってきたかと、思えば……」

「お前が喜ぶ顔が見たかったんだ」

支離滅裂だ。自分が何を言っているかわかっているかと聞こうとして、やめた。再び仕事に奪われるだろう黒瀬を、このまま軍に戻したらきっと後悔する。

「たぶん、……あと、十五分、くらいで……」

起きてこないうちに済ませてくれと頼むのはたまらなく恥ずかしいが、そうするしかなかった。躰に熱をためたまま、いつ帰ってくるかわからない黒瀬を待つのはつらい。

「十五分だな」

事務的な言い方が扇情的に五色の耳に響く。

「……ぁ……っ」

前戯なんてほとんどしなかった。着衣のまま屹立だけ出して繋がろうとする黒瀬は、ただの獣だった。

それでも五色は濡れ、ギリギリまで張りつめて滴を滴らせる黒瀬自身を易々と受け入れる。あまりの快感に声が漏れると、子供たちが目を覚ますと言って口を手で覆われ、声を押し殺した状態でソファーで抱かれた。性欲を満たすためのような即物的な繋がりが、逆に五色を昂らせていたのは言うまでもない。

二人とも自分の内にため込んだ熱を吐き出すために腰を使った。

けれども気持ちがあるとわかるから、どんな交わりだろうが心まで満ちていく。前戯を省いたからか、射精時間も短くて済んだ。それでも十分は五色の中で震え続けているのだから、Sアルファの能力はすさまじい。

乱れた着衣を整えられるのは着せ替え人形になったようで抵抗があったが、一人で着替える体力すら残っていない。サッと後始末をして軍服を着込んだ黒瀬に『体力の化け物め』と心の中で悪態をついて恥ずかしさを紛らわせる。

「お前にこれを渡しておく」

「何？」

放心しているところに手渡されたのは、スプレーだった。手に収まるほどのそれには、ラベルがついていない。

「なんだ、これ」

「人工的に生成した俺のフェロモンだ。まだ実験段階でどれくらいの効果があるかはわからない。発情を促す効果はないから、近くに他のオメガがいても使える」

「発情を促す効果のないフェロモン？」

「お前が万が一発情した時、他のアルファやベータに対して忌避剤になるかもしれない」

「それって……」

五色は上沼の罠にはまった時のことを思い出した。

Sオメガの発情はベータすらも惑わせるほどの力がある。だがあの時は、五色に反応して発情状態に陥った黒瀬のフェロモンが、その場にいた他のアルファたちを遠ざけた。奪い合いがもたらすのは死だ。だからこそ、強いSアルファのフェロモンが牽制となる。

ただし、デメリットもある。上沼にはそこを突かれた。

「俺が発情（ラット）状態に陥れば他のアルファやベータの発情は抑えられるが、俺も理性を失う。あの時の二の舞はゴメンだ」

コーヒーカップを口に運ぶ黒瀬は冷静さを保っているように見えるが、声色に少し悔しさが滲（にじ）んでいた。貰ったスプレーをまじまじと見つめる。

「まさか、人体実験なんてやってないだろうな」

このところ帰りが遅いのはそのせいか……、と呆れ、平気な顔で無理をする男に釘（くぎ）を刺した。

「無理するなよ。俺は今のままでも十分だから」

「お前が少しでも楽に生きられるなら、それに越したことはない」

少しでも楽に生きられるなら——ロマンチックな愛の告白よりも胸に響く言葉だ。自覚してるのか……、と黒瀬を見たが、いつもと表情は変わらない。

こんなふうに、ふと何かの拍子に黒瀬の想いを感じられることがある。

Sアルファという特別な存在——高スペックな黒瀬がなぜ愛を語る時だけは不器用になるのか。理由を考えると胸が痛くなるが、言葉が少ないからこそ行動を通して伝わってくる愛情を強く感じもするのだ。

孤独はもう癒やされただろうか？

聞くのは簡単だが、あえてしない。言葉にせずともわかるくらい、黒瀬を幸せにしてやりたかった。

その時、子供部屋のほうからカナタの泣き声が聞こえてきた。慌てて身を起こそうとして軽く制される。

「俺が見てくる。もう少し横になってろ」

ソファーに躰を預けると、軍服の背中を黙って見送った。

理性をまとったそれは、ほんの今しがた獣のように自分を抱いた男のものとは思えない。

躰に異変が起きたのは、荒木の訪問からほどなくしてだ。

ここ一週間ほど、五色は発情に似た状態の中を彷徨(さまよ)っていた。黒瀬の存在に触発されることはあったが、不在の時もだなんていい傾向とは言えない。武田に処方してもらった漢方を多めに服用してなんとか抑えているが、根本的な解決にはなっていなかった。ある不安が五色を苛む。

自分のフェロモンは黒瀬にしか効かないのか。それとも、以前と同じように誰彼構わず誘う力があるのか――。

「ママ、どうかしたのか?」

ユウキに声をかけられ、カナタの離乳食を持ったままぼんやりしていた五色は我に返った。見ると、子供たちはダイニングテーブルについてご飯を食べていた。今日の昼食は焼きビーフンと卵スープだ。野菜をたくさん食べてくれるから重宝する。

「いや、何もないよ。みんなちゃんと喰ってるか?」

「うん! すっごくおいしい」

ユウキより先に答えるマルオに破顔し、ベビーチェアのカナタの口許にスプーンを運んだ。

「はい、カナタ。あーん」

小さくて柔らかな口が開くと、カボチャのポタージュをそっと押し込む。カナタはあむあむと口を動かし、メグたちのほうを見て手足をバタバタさせた。ご機嫌なのが伝わってくる。次におかゆを口に入れると、またみんなを見て声をあげた。

その様子に笑顔が零れるが、熱っぽいため息を漏らした。キッチンに行き、保冷剤をタオルで巻いて脇の下に挟む。

「ママ、なにしてるの?」

「なんでもないよ、メグ。ビーフンは旨いか?」

「うん! カナタはいつになったらみんなとおなじごはんたべられるの? メグはママの

ビーフンだいすきだから、はやくカナタもいっしょにたべられるようになるといいな」

「おれもビーフンだいすき！　おれはママのビーフンたべてせいぎのみかたになるっ！」

箸を持ったまま変身するユウキに、危ないからよせと注意した。最近、ユウキは世界平和のため戦うと言って修業中だ。すぐに変身するし、ちょっとした段差も大きくジャンプしてポーズを決める。

「ぼくもおいしいよ。ぼくはおとなになったらママみたいなひととけっこんする」

「マルオはたべものとけっこんすればいいんだよ」

タキがからかうと、マルオが顔を赤くして抗議した。ヨウはマルオの味方だが、おとなしくて強く言えない。

子供たちと食事をしながらワイワイ過ごしている時間は楽しいが、それどころではなくなってきた。躰が熱い。そしてだるい。

明日はカナタとユウキを連れて幼稚園の下見に行く予定なのに、こんな調子では思いやられる。黒瀬にも来てもらうべきかもしれないが、軍の仕事は簡単に抜け出せないだろう。

カナタになんとかご飯を食べさせ、オムツをチェックする。

「オムツ替えてくるから、ちゃんと食べてるんだぞ」

は〜い、と一斉に声が返ってきた。

風邪の初期症状のようだが、なんとなく違うとわかる。診療所の裏にある薬局で働いていた頃、初めて黒瀬を見た時と似ていた。

あの時、黒瀬は自分の存在のせいで発情したオメガを助けるために店に入ってきた。目深に被った軍帽の下から覗く瞳に、あてられた。あの出会いが眠っていたSオメガの血を目覚めさせたと言っていいだろう。その場で倒れ、発熱してしばらく伏せっていた。

屋敷にいる使用人はオメガばかりだが、油断できない。一度、屋敷に出入りする業者が五色の発情に反応して入り込んできたことがあった。

まずいな……、と思いながら寝室で手早くカナタのオムツを替え、クローゼットを開けて棚に隠してある注射器とアンプルの入った箱を取り出した。

黒瀬が用意した抑制剤の在庫は十分だった。武田が処方した漢方が効かなくなった時は、強い薬に頼るしかない。

「これだけあればいいいか」

抑制剤のアンプルを数えて安心するなんて、あまり健全とは言えない。それでもないよりマシだ。逃げたSアルファが見つかるまでの辛抱だと自分に言い聞かせてアンプルをいくつか手に取り、残りは棚に戻す。

注射器にアンプルを飲ませ、専用のケースに入れた。予備のアンプルは五本。とりあえず持つ量としては十分だ。しかし、こうしている間も熱っぽい症状は顔を出したり引っ込めたりで安定しない。一度武田に診てもらったほうがいいかもしれない。

思い立ったが吉日だとばかりに、武田の診療所へ電話した。忙しいのか、コール音を優に十回は聞いた。

「先生、俺です」

『なんだ、久し振りだな。元気か？』

元気だと答え、チェスの話を少しし、それから本題へと入る。

『そうか、量を増やしても症状が完全には治まらないか』

「もう少し強い薬はないですかね？」

『漢方に即効性はないからな。だが、強めにすることはできる。一度屋敷に行こうか？』

「診察もお願いしたいんですけど、明日幼稚園の下見に行くから帰りに寄ります」

五色の口から幼稚園という単語が出たのがよほどおかしかったらしく、武田は電話の向こうで『わっはっは！』と大声で笑った。我ながら変わったと思うが、この変化を自分でも好ましいと感じている。

診療所に顔を出せる大体の時間を告げて電話を切った。そして、五色は黒瀬に貰ったスプレーを取り出して、しっかりと握り締める。

人工的に生成したSアルファの――黒瀬のフェロモン。忌避剤になるかもしれない。

どんな実験をしたんだと呆れ、そのまっすぐな想いに胸が締めつけられた。

頼むから無理しないでくれ。

もう少し強く伝えるべきだった気もするが、きっとこんな心配をするより「ありがとう」と言ったほうが黒瀬は嬉しいだろう。

これが効くといい。黒瀬の努力が無駄になっていないといい。

「ママ、パパのことをおもってるの？」

クマのぬいぐるみを抱いたメグが、ドアからそっと顔を覗かせていた。おませなメグらしい言葉に、目を細める。

「なんだよ、パパを想ってるって」

「だって、パパをおもってるときのママはかおがちがうもの。とってもしあわせそうだったり、しんぱいそうだったり。そんなママをみてるとメグはむねがきゅんとなるの」

「そうか。おいで……」

手を伸ばすと、たたっ、と走ってきて飛びついてくる。ギュッとされ、頭を撫でた。柔らかな髪。細くて色味も薄い。水に濡れると頭にぺったりと貼りつくそれは、軽くドライヤーをかけただけでサラサラになる。

「ご飯は食べたのか？」

「うん、もうみんなたべた」

「そうか」

「おねつがあるの？　だったらやすまなきゃ」

「そうだな」

「パパにでんわしてあげようか?」

「いや、いい。それよりメグ。明日はお留守番だ。シッターさんを困らせずにみんなで遊べるか?」

「うん、あそべる!」

いいぞと頭を撫でると、メグはツインテールを揺らしながら跳ねた。

「あしたはユウキとおでかけするんでしょ?」

「そうだ。幼稚園の下見だからな。明日はメグがリーダーになって、みんなをまとめるんだぞ」

「わかった!」

「じゃあみんなのところに戻ってろ。すぐに行くから」

「はーい」

五色は、武田が処方してくれた漢方を服用した。症状が次第に治まってくる。明日幼稚園の下見が終わったら、もう少し強い薬を出してもらえる。だが、薬で本当に抑えられるだろうか。武田の漢方すら効かなくなったら——。

少しでも安心材料が欲しいが、頭の中を駆け巡るのは不安要素ばかりだった。

「くそ……」

まるで有毒なガスを出す沼地のように、新しい不安がボコボコと水面に現れては弾ける。

Sアルファは番のいるオメガでも、上書きできる。上沼の事件の時は無理矢理番にされたあと、黒瀬によって上沼の痕跡は消された。

本来は一度番になれば他の人間とのセックスには苦痛が伴うが、黒瀬相手だとその法則すら成り立たなかった。二度と好きな相手と触れ合うことはできないと覚悟していただけに、黒瀬の能力は五色を絶望から救った。

けれどもオメガの拉致に関わっていたSアルファが見つかった今、その事実は再び五色を危険の中に突き落とすものでしかない。黒瀬の残した証しですら無効にできるかどうかはわからないが、可能性がないとは言えない。

唯一の救いは、Sオメガの存在が公のものになった今も、それが誰なのかは極秘扱いで報道もされていないことだ。

そうだ、自分がSオメガだということは限られた者しか知らない。だからしっかりしろ。

子供の頃、捕まえた蛍を大事に持ち帰った時のように、ようやく見つけた光を胸に抱いてキッチンに戻る。すると、五色を励ますような光景が広がっていた。

「お前ら何やってるんだ?」

「おかたづけ!　ママのてつだいよ」

食事を終えた子供たちが手分けして食器をシンクに運んでいた。落として割らないか心配だが、子供たちの自主性を尊重する。

「ママ、おわったよ！」

メグがリーダーシップを取ったらしい。思わず破顔し、イイ子だとみんなにキスして回ったあと、昼寝の時間だと子供部屋に移動する。たっぷり遊んでお腹いっぱい食べたからか、絵本を二ページめくったところで全員が眠りについた。起こさないようリビングに戻る。その直後、荷物が届いたと使用人が来て、ドアの前に何かを置いていった。直接顔を合わせないよう、少し時間を空けて取りに行く。

ドアを開けた五色は、足元のそれに手を伸ばした。

「なんだ、またかよ」

このところ、黒瀬から毎日のようにバラの花を貰う。しかも一輪だけだ。はじめは朝起きた時に枕元に置かれてあった。

子供たちの世話で疲れているせいか、黒瀬が帰ってきても先に寝てしまっていることが多い。翌朝も五色が目覚める前に仕事に出かけるため、ほとんど言葉を交わさない日々が続いていた。起こしてくれてもいいのにと思うが、メッセージも何もついていない一輪のバラには、少しでも休んでくれという黒瀬の気持ちが籠められているようだった。

いい香りに包まれながら目を覚ますのは気分がよく、何日も顔を見ていないのに存在を感じられるのはなぜだろうか。

「今日は帰らないのか」

家に戻れない時には、こうして届けられる。

クリムゾンレッドの花弁は幾重にも重なっていて、濃い照り葉とのコントラストが美しかった。葉の縁が微かに赤みがかっているのも魅力的だ。手に持っただけで濃厚なダマスク香がする。貴婦人のような佇まいを見ていると、この花が世界中で愛されてきた理由がわかる。

五色はソファーに横になり、いい香りに包まれながら、しばしの休憩を取った。

「ふん、何がバラだよ」

俺はこんなもん送られて喜ぶタイプじゃないだろう、と心の中で問いかけるが、恋愛に関しては不器用なはずの男の仕掛けに気持ちは満たされた。しばらくバラの香りを堪能していると、ドアが少し開いていることに気づいて身を起こす。

「なんだ、メグ。もう起きたのか?」

メグは頷いてから、五色の手のバラに目を輝かせた。おいでと言うと駆けてきて、鼻を近づける。

「いいにおい。パパから?」

「ああ。眠れないならここで寝るか?」

「いいの?」

いつもはお姉さんのメグだが、少し甘えたくなったようだ。今日だけだぞ、と言って両手を広げる。横向きに膝に乗ったメグは五色の胸元にほっぺたをくっつけて五色を見上げた。

「ねぇ、ママ。あかいバラのはなことばをしってる？」

頷き、心の中でつぶやく――愛してる。

「ママもパパにだいすきっていってる？」

澄んだ瞳に問われて思い返すが、あまり言葉にしたことはなかった。セックスの最中に感極まって本音が出ることはあるが、普段はそんな甘い言葉を口にしない。

「ちゃんとだいすきっていわなきゃダメよ」

「そうだな」

愛してる。

言えるだろうか。

考え、口許を緩める。まだ言えないな……、と気恥ずかしさばかりが先に立つ自分に苦笑いする。

この幸せがいつまでも続けばいい。五色の願いは一つだけだ。

だけど、いつか――。

眠ってしまったメグの重みを感じながら、五色はそう心に誓った。

3

朝から気持ちのいい天気だった。窓の外では小鳥が囀り、風は優しく頬を撫でる。

その日、五色はシッターに子供たちを預けるとベビーカーにカナタを乗せ、ユウキと三人で屋敷を出た。軍の警護も二人ついているが、一定の距離を置いている。できるだけ普通の生活をしたい五色の気持ちを黒瀬は汲み取ってくれていた。

「な、ママ。はやくはやく」

ユウキは幼稚園に通うのを楽しみにしているようで、何度声をかけてもすぐに歩調を速めて先を行ってしまう。手を繋いでも五色をグングン引っ張った。

「そんなに急がなくても幼稚園は逃げないよ」

ユウキのウキウキした気分が伝わってきて、少し気が紛れる。

幼稚園では、何人かの見学者と一緒に園内を見て回った。ユウキはさっそく他の見学者の子と友達になり、リーダーシップを発揮する。屋敷にはないようなカラフルな遊戯に目を輝かせてみんなと遊んでいた。カナタは途中で泣き出すこともなく、一度オムツを替えただけだ。汚れ物は幼稚園で処理してくれるというので甘える。

見学は一時間ほどで終わったが、ユウキは物足りないようだった。名残惜しそうに友達になった子供たちとさよならする。

「楽しかったか?」

「うん! おれ、いつからかようんだ?」

「通うと決まったわけじゃないけど、ユウキが気に入ったんなら決めてしまってもいいかもな」

次は武田のところに行く予定だが、久々に屋敷の外に出たせいか人の多さに酔いそうだった。ユウキも幼稚園でずっと走り回っていたため、いったん休憩を入れることにする。

「ユウキ、何か甘いもの欲しくないか?」

「いいのっ?」

「ああ、何がいい?」

その時ドン、と大きな音が聞こえた。交差点での交通事故だ。歩道にワンボックスカーが乗り上げている。数人が巻き込まれたようで、現場は騒然としていた。

「ママ……」

母親とその子供が巻き添えになったらしい。車から降りた運転手は中年の男性で、呆然としたまま立ち尽くしている。「手を貸して!」と怒鳴る声が聞こえた。警護の者を捜すと、一人は事故車の傍で子供に心臓マッサージを施している。もう一人の姿は見当たらなかった。野次馬が多くてどこにいるのか確認できない。

「ママ、いっぱいけがしてる」

「大丈夫だ。救急車が来るから。助かるよ」

不安そうなユウキを安心させようと笑みを浮かべるのと同時に、ドクンと心臓が跳ねた。

「――っ!」

一瞬、何が起きたのかわからなかったが、次第に心拍数が上がっていく。

(まずい。なんだ、これ……)

息が苦しくなって発熱していく。発情だ。

辺りを見回しても、人混みの中に五色の発情に反応している者はいなかった。安堵するが、いつまで安全なのかはわからない。

「ユウ……、……っ」

声もろくに出ず、ユウキを連れていったんどこかへ避難しようと試みた。けれども掴もうとした小さな手は触れる前にするりと逃げてしまう。

「あ! ねぇ、ママ。てつだわなくていいかな? だいじょうぶかな?」

ユウキが指差す先に、野次馬のすぐ傍で道端に座り込む女性の姿があった。事故の現場を見て気分が悪くなったのかもしれない。

何か言おうとしたが言葉にならず、ユウキは彼女のいるほうに駆けて行った。小さな躰は、あっという間に人混みの中に消えてしまう。

「……ユウキ」

駄目だ。戻ってこい。ママのところに戻ってこい。

頭の中で危険信号が点滅している。それに呼応するように心音も耳についた。

「ユウキッ。――ユウキ……ッ!」

なんとか声をあげると、三度目にしてようやく気づいてくれる。

「ママ、どうしたの?」

戻ってきてくれて安堵したが、状態は悪くなる一方だ。発熱が治まらず黒瀬に緊急の連絡を入れる。ボタン一つでSOSが出せるよう登録したのは黒瀬だった。GPSで位置も知らせてくれる。

「こっちだ」

やっとユウキの手を摑むことができ、ベビーカーを押しながら人気のない路地へと入った。今ここで発情したら危険だ。

すぐに注射器を取り出して腕に打った。

「ママ、ぐあいがわるいのか?」ユウキが不安そうに顔をしかめる。

「大丈夫だ。今、パパを呼んだから」

黒瀬に貰った忌避剤もスプレーして辺りに神経を張り巡らせる。効果があるなら、時間稼ぎもできるだろう。路地に逃げ込んだのも、広い場所よりスプレーが拡散されずに残るからだ。

その時、黒瀬から連絡が入った。

『俺だ、今向かってる。どうした？』

「わ、わからない。頼むから……はやく、来てくれ……っ」

『近くだ。メグから連絡があったから気になって仕事を切り上げたところだった』

パパにでんわしてあげようか——昨日大丈夫だと言ったのに、今朝の様子を見て何か感じ取ったのだろう。こっそり連絡してくれたなんてイイ子だ。しっかり者の自慢の子だ。メグだけじゃない。ユウキもマルオもヨウもアルもタキも、血が繋がっていなくてもカナタと同じように愛している。

子供たちの笑顔を——護りたいものを思い描くことで、気をしっかり持たせる。

『警護はどうした？』

「交通事故が、あって……怪我人を……っ」

『すぐ戻す。俺ももうすぐ着くからなんとかしのいでくれ』

冷静な黒瀬の声が、少し落ち着かせてくれた。子供たちとの日常を護るためには、この窮地を脱しなければ——。

ベビーカーの横に座り込み、ユウキを抱いて静かに時間が過ぎるのを待つ。ママ、と自分を揺らすユウキの声を聞きながら意識を保っていたが、再び大きく心臓が跳ねた。人の気配。

（Sアルファだ……）

発熱で意識がぼんやりしながらも、確信していた。

感覚的にわかるのだ。これはただの発情ではない。意図的に促されたものだ。

けれども黒瀬の存在に反応した時ともまったく違っていた。邪悪な空気を感じる。フェロモンかもしれない。本人の気質が出るとでもいうのか――。

「ママ、しっかりして。どうしたの？」

「ユウキ、俺に……抱きついておけ。――はぁ、……はぁ……っ」

熱くなっていく躰にもう一本、抑制剤を叩き込んだ。次第に治まってくるが、躰の負担は大きい。細胞一つ一つが悲鳴をあげている。

「ママ、ちが、でてる……」

鼻血だった。

ユウキがびっくりしている。「大丈夫だ」と言って手の甲で拭った。三本目をどうしようか考えながら、黒瀬が自分のために抑制剤を立て続けに打った時のことを思い出す。二人の心が通じ合う前のことだ。

あの時、五色のメッセージを見て駆けつけた黒瀬は事前に抑制剤を打ってきた。それでもフェロモンの影響は抑えられず、二本、三本、と注射器の中身を躊躇（ちゅうちょ）なく叩き込んだ。

合計五本。

『お前のフェロモンは強烈だな』

今でも時々耳にする言葉だ。あの時は「俺となんて嫌だろう」とも言われた。あんな不器用な愛を見たことがない。そんな不器用な愛情こそが黒瀬なのだ。

三本目。

黒瀬の想いに応えるように、抑制剤を打つ。子供たちを、そして自分を護るためならなんでもする。自分が犠牲に……、などと自暴自棄にはならない。黒瀬も子供たちも五色を必要としているのだ。だから、ギリギリまで助かる術を探す。

こんなふうに考えられるようになったのは、幸せなことだ。

その時、強烈に邪悪な空気を感じてハッと顔を上げた。近づいてくる危険を察知したのか、火がついたようにカナタが泣き出す。

黒瀬であって欲しいが、違う。楽観はできない。路地の出入り口に見える影は長身ではあるがシルエットが違った。軍服ですらなかった。

さらにユウキにまで異変が起き始める。頬が紅潮して苦しそうだ。

「ユウキ、どうしたんだ？」

「ママ、いきが……くるしい」

額に手を当てると、熱があった。風邪を引いた時のような症状。

通常、オメガの発情は十六歳前後だ。ユウキが発情するとは思えない。けれども明らかにSアルファの影響を受けている。

「やめろ……っ、子供が苦しんでる……っ」

近づいてくる男に訴えるが、むしろこの状況を楽しんでいるようだった。含み嗤う声すら聞こえ、どうしたら子供たちを護れるのか考えた。

人通りの多いところへ出たら、五色のフェロモンにあてられるベータが出てくるかもしれない。だが、ここにいればますます状況は悪化する。

考えろ。考えろ。考えるんだ。

ぼんやりする思考の向こうで、カナタの泣き声が続いていた。危険を知らせるサイレンのようにぐわんぐわんと音の歪みを伴って響いてくる。そうしている間にも、ユウキの苦痛は大きくなっているようだ。いつもは滅多に泣かないのに涙で頬が濡れている。さらに五色にも強烈な発情の兆候が出てくる。

「どうだ？　苦しいか？」

四本目。躊躇なく打った。ボタボタ……ッ、と鼻血が地面を赤く染める。フラフラするのは単に貧血状態にあるのか、それとも抑制剤を大量摂取したせいか。

だが、黒瀬は五本だった。自分もまだ打てる。

はぁ、はぁ、と熱い息を吐き、項垂れながらも気を失わないよう地面に手をついた。泣

き続けるカナタと苦しむユウキを自分の背後に隠すと、男が近づいてくるのが気配でわかる。

「ふん、強情だな」

五色の発情を嗤う男のつま先が視界に入ってきた。スニーカーだ。顔を見てやろうとしたが、目が霞んでよく見えない。

その時だった。路地の向こうから五色を呼ぶ声が聞こえた。

「――春ぁ……っ！」

黒瀬の声が、立ち籠める嫌な空気を一掃する。

「ここ、だ……っ」

声を絞り出した。助かったと安堵するが、そんな五色をあざ笑うかのように、耳元で囁かれる。

「次はお前の首を噛んでやる」

「――っ！」

愉しげな声を残して男は去った。入れ替わりに黒瀬が近づいてくる。

「春っ！」

「あっちに、逃げた。多分、Sアルファ……」

靴音がすぐ傍で聞こえる。安堵と同時に全身から力が抜けた。鼻血は止まり、発情状態も治まってくる。

「おい」

五色の姿を見た黒瀬は驚きを隠せないでいた。そして、怒り。いつも深い水底のような色をしたそれの奥には、焔（ほむら）がある。黒瀬はそれを瞳の奥で飼ったままユウキの無事を確かめたあと、ベビーカーの中を確認した。いつの間にか泣き声は止まっている。

「二人とも、無事、か……？」

「ああ、心配するな。それより、殴られたのか？」

「これか……違う。大丈夫……、──っ！」

いきなり抱き締められ、言葉を奪われた。黒瀬の肩越しに地面を見て「ああ、そうか……」と嗤う。

アンプルがいくつも落ちていた。何をしたかわかったはずだ。力強い抱擁。無言で自分を抱き締める黒瀬から、心が流れ込んでくる。それは激しさとともに、悲しみも五色に運んできた。痛い。

無言でこうするしかない黒瀬の心は、悲鳴をあげていた。

「あんたも俺のために、やっただろ？　同じことを、しただけだ」

「そう、だな」

黒瀬の言葉に胸がいっぱいになった。

自分の不甲斐なさを口にするでも無理をした五色を責めるでもなく、ただ「そうだな」と同意する。五色の「護りたい」という気持ちを否定しなかった。

言葉が少ないほうが、気持ちがより相手に伝わることもある。

最後にもう一度ギュッと五色を抱き締めた黒瀬は、ユウキを抱きかかえ、ベビーカーの中のカナタに手を伸ばした。


屋敷に戻る頃には、夜気をたっぷりと含んだ空気が辺りを包んでいた。

五色は、安らかな寝息を立てるユウキの寝顔を眺めていた。護ることができた小さな存在。だが、危なかった。

発情期を迎える年齢には遠いが、子供たちは、カナタ以外全員オメガだという事実を思い知るには十分すぎるできごとだった。

発情というハンデを背負って生きていかなければならない。自分は黒瀬に出会うまで発情を経験したことがなかったが、この子たちは違う。多感な思春期に差しかかる頃からそれに直面する運命なのだ。

少しでも子供たちが生きやすい世界にしてやりたい。

「まだ起きてたのか？」

黒瀬が子供部屋に入ってきた。子供たちのベッド一つ一つを見て回る姿に、五色の中で落ち着いていたものが再び目を覚まそうとする。

「カナタは？」

「ちゃんと寝かしつけてきた。ユウキはどうだ？」

「処方してもらった薬が効いてる。朝までぐっすりだとさ。怖い思いをしたんだ。楽しい夢が見られるといいんだけどな」

「見られるさ」

黒瀬はユウキの前髪を撫で、おでこにキスをした。

この光景をずっと眺めていたい——いつ崩れるかわからない脆(もろ)い幸せのように感じるのは、弱気になっているからだろう。そんなことでは護れないと自分に言い聞かせるが、今日のできごとに五色の心は安定を失う。

「お前がＳオメガだと外部に漏れてるのは間違いない。軍に『ＡＡｓＡ』の内通者がいる可能性がある。逃げたＳアルファが捕まるまで、屋敷とは別の場所で保護されることになるかもしれない」

「それも仕方ないな。俺は間違いなく発情させられてた」

予想していたことだけに落胆の色は隠せなかった。この状況だ。しばらくここを離れるほうが安全かもしれない。

「お前を狙ったのは、おそらく俺たちが追ってるＳアルファだ。あらかじめ抑制剤を打っておけば、たとえお前のフェロモンが影響するのだとしても理性的に行動できる」

「あんたが駆けつけてくれなかったら、あのまま簡単に連れていかれてただろうな」

「すまなかった。警護もついていたのに職務を放棄した」

もう一人は事故のどさくさに紛れて、背中から何者かに刺されたらしい。五色をさらうために仕組まれていたのは明らかで、運転手と『ＡＡｓＡ』の繋がりを調べているという。

「事故に巻き込まれた子供に心臓マッサージをしてた。あんたの部下が子供を見捨てるような奴じゃなくてよかったよ。巻き込まれた子は助かったのか？」

「ああ。処置がよかったらしい」

「じゃあ、あの行動は正解だ。処分しないでくれ」

わかっている、と言われ、少し安心した。黒瀬の視線に気づいて、相談しなければと肚(はら)を決める。

「実はこのところ発情に似た状態だったんだ。自分の躰の問題だと思ってたけど、今日の奴が俺をどこからか監視してたんなら、その影響が出てたのかもしれない」

Ｓアルファが近くにいるだけでオメガを発情させることもあるのは、黒瀬で立証されている。五色も例外ではなかった。

「なぜ一人で抱え込んだ？」

「あんたが心配するから。軍の仕事が大変なんだから、自分で対処できてるうちはまだいいかと思ってさ」

絶対怒るに決まっている。逃げたSアルファについて黙っていた黒瀬を責めたのだ。心配かけたくなかったなんて、理由にならない。一番頼れる相手でありたい。

その気持ちは十分わかっていたはずなのに。

「黙ってて悪かったよ」

「気にするな」

サラリと返され、聞き違いかと思った。けれども黒瀬の目は怒っていない。堪えているのとも違う。

「怒らないのか？」

「お前は言えなかった。それが事実だ。俺が言える男になればいいだけの話だ」

まただ――路地で抱き締められた時と同じだ。五色を否定しない。

懐の深さを見せられた気がした。自分の気持ちは二の次にし、相手の心に寄り添う。まだ少し疼いているのに、そんなことを言われたら収まるものも収まらない。

意識を逸らそうとしたが黒瀬の指が目に入り、無性に昂った。

「……春」

こっちに来い、と二の腕を優しく掴まれ、子供部屋から連れ出される。五色が今どんな状態なのかわかっているのだ。それが恥ずかしくて、思わず抵抗した。

「大丈夫だよ。今は……薬で抑えて……」

「抑えるな」

「ちょっと……待ってくれよ。頼むって……」

懇願するように言ってしまうのは、自分がどうなるかわからなかったからだ。こうしているだけでも、昂りがどんどん加速していく。

「ずっと堪えていたんだろう？」

「そ、そうだ」

何を白状しているんだろうと自問するが、限界だった。薬で抑制していたぶん五色の中の獣は飢え、これ以上の空腹は耐えられないと訴える。

「解放しろ」

「どう、やって……っ、今は薬が……」

言葉を呑み込んだ。目が合った瞬間、全部吹き飛ぶ。

「――ぅん……っ」

口づけられ、首に腕を回して抱きついた。熱い抱擁を返され、一気に躰が発火する。薬なんて黒瀬を前に、なんの効果もない。

「んっ、んんっ、……ぅ……ん」

手探りで寝室のドアを開けるのがわかり、気持ちが急いた。軍服の上着を剝ぎ取り、自分もまた衣服を剝ぎ取られていく。床にシャツが落ちるのを見ただけで、甘い期待に下着を濡らしてしまっていた。ぐっしょりと。はしたないなんてものじゃない。

「不安か？」

「ああ、不安だ。何もかもが……不安だ……っ」

もう駄目だ。一度本音が零れると、ポロポロと溢れ出てしまう。

「あんたと番に……なっても……っ、俺のフェロモン、は……、他の誰かに……、影響、するのか……？」

「わからない」

「Sアルファは……っ、あんたの証しも……っ、上書きできるのか……？」

「わからない」

「……っ、いつに、なったら……っ、俺たちは……安心して、暮らせるんだ……？」

「わからない」

黒瀬は気休めを言わない。だからこそ信じられる。本音をぶつけることもできる。

「俺はあんたの番、なのに……あんなに簡単に……発情、させられた……っ、――何もできなかった……っ！」

「そんなことはない。ユウキとカナタを護っただろう。自分自身のことも」

「でも……っ、悪意のある、Sアルファがいたら……っ、……ひっく、あ、あいつらも……っ、いずれ発情期を、迎える……っ」

「そうだな」

「こんなハンデを背負うなんて……っ」

「ああ。だから、俺たちで護る。あいつらが不幸になると決まったわけじゃない」

そうだ。オメガに生まれたから幸せになれないわけじゃない。五色は黒瀬と出会った。魂の番と言える相手と結ばれた。

ユウキたちもそんな人に巡り会えたら、きっと幸せになれる。そう信じている。信じているはずなのに――。

確信と不安が交互に押し寄せてきて、五色の思考ごと呑み込もうとする。

「お前たちのことは、誰にも渡さない」

その言葉だけ聞いていたかった。ハァ、ハァ、と互いの息遣いにまみれながら、すべて脱ぎ捨てる。ベッドに辿り着いた時には、二人とも生まれたままの姿だった。

「――ぁ……っ！」

いきなり喉笛に歯を立てられ、顎を仰け反らせて自分の身を差し出す。胸の突起を親指の腹でグイグイと押され、転がされる。被虐的な悦びが全身から溢れた。

もっと、痛くして欲しい。

「んぁ……あ……ぁ」

ブルブルと躰が震え、全身が歓喜した。同時に黒瀬の息遣いが変わる。獣じみたそれは、黒瀬も制御不能状態に陥りつつある表れだった。

「春……っ」

瞳の奥を覗かれ、目を合わせたまま逸らすことができない。オールバックに撫でつけた髪は乱れ、額には汗が滲んでいる。

暴力的な美。

見る者を殴りつけるような圧倒的な性的魅力に、目眩（めまい）を覚える。

かろうじて薬で抑えていた発情が制御できなくなると、それに触発されて黒瀬もまた発情状態となっていった。それは五色をより強い衝動で突き上げ、互いの存在が発情を促し合うというループに陥る。

左足を肩に担がれ、濡れた場所に指を埋め込まれていった。熱がジワリと広がり、熟れた果実さながらの柔らかさで受け入れる。

「はぁ……っ、はぁ、……そこ……、そこ……っ、もっと……」

長い指。自分の中を掻き回す黒瀬の指に夢中だった。見慣れているあの指が五色をおかしくする。シーツをきつく摑み、頭を振って自分を保とうとするが、無駄だった。

「ぁ……あ……ぁ、……っく、……ッふ」

ギラギラした目で見つめられると、罰せられているようだ。けれども、与えられる甘い罰を貪る浅ましい獣と化した五色には悦びしかない。

「ど……にか、……どうにか……、なり……そ……だ……」

躰の奥から泡のように次々と湧き上がってくる快感。全身が震え、黒瀬を喰いたいと後ろが疼いている。

見ると、中心はすでに鎌首をもたげていた。その雄々しさに、欲望は勢いを増す。

「早く」

「春……、あずま……」

はぁ、とまた獣じみた吐息を耳元に注がれた。激しい息遣いが、灯りを落とした部屋で交差する。あてがわれたかと思うと、それは五色を深々と貫いた。

「――ぁぁあああ……っ！」

躰の芯を壊すような衝撃――。

腰も喉も反り返らせ、全身で受け止めた。Ｓアルファの証しであるその先端は奥のほうまで届き、中で脈打っている。

五色の細い躰で受け入れるには、あまりに大きく、凶暴だった。

「ああ……っ！　……っく、……ひ……っく」

手の甲を唇に押し当てて声を押し殺すが、静まり返った部屋の中ではほとんど意味をなしていない。くぐもった甘い声は空気を揺らし、吐息は湿度を上げる。

指を噛んでも同じだった。

「や……っ、……ぁあ……ぁ……、……ひぁ……っ、……ぁ、あ、あっ！」

ズシンと腰を打つ快感に、掠れた声で応えた。

たまらない。こんな快感は他に知らない。

じゅぶ、と濡れた音が聞こえた。繋がった場所は愛液を溢れさせ、きつく収縮して黒瀬をより深く呑み込もうとする。自分のとは思えないほど淫らに、貪欲に、しゃぶり尽くそうとしていた。

「あー……、あ、あぁー……っ、あぁ、あー……」

ただ受け止めるしかなかった。無意識に足を突っ張らせていたからか、土踏まずの辺りに軽く攣ったような感覚がある。

「はぁ、はぁっ、あずま……、あずま……ッ」

腰を使い、自分をとめる術を知らない獣は、力任せに凶器と化した牡のシンボルで五色を貪り続けた。

「も……、もう……っ」

許して……、と懇願したが、行為はより激しくなるばかりでちっとも楽にはなれなかった。けれども与えられる甘い苦痛は五色が心底望んでいたものに他ならず、悦びに噎せ、歓喜する。

ジリジリと躰を炙られるように、理性を駄目にされる。膝小僧が胸板にぴったりとつくほど躰を折り畳まれ、耳元で熱情を孕んだ吐息とともに言葉を注がれた。

「愛してる」

「！」

「愛してる、春……っ」

発情状態にあってなお愛を紡ごうとする黒瀬に、五色は感極まった。尻が痙攣して止まらない。さらに腰を使われ、激しい目眩の中で愉悦を感じる。

「ぅ……っ、……ぁ、あ、……ぁあっ、……っく、ぅ、うっ、んっ、ぅ……っく！」

黒瀬の指が尻に喰い込んで痛かった。けれどもきつく揉みしだかれるほど、乱暴に抱かれるほど、想いの強さを実感できてこれまでにない幸福感に襲われる。

「――はぁ……っ、……あずま……っ、……っく」

黒瀬も苦しそうだった。苦しくて、切なくて、どんな快楽よりも勝る交わりに深く落ちていく。

「来て、……もっと……来てくれ……っ、――ぁあ……ぅ……っ！」

「――春……っ！」

黒瀬の長い射精が始まった。中で激しく震えている。

アルファ特有の性器の根元にあるこぶが、肥大しているのがわかった。しっかりと繋がるために備わった機能だ。額と額をつき合わせ、より深く呑み込めるよう、五色も脚を大きく開く。

よくこんなに開くものだと自分でも感心するほどに……。

「ぁあ……あぁ……」

視線を絡ませ合ったまま中で脈動を続ける黒瀬に、五色は蕩けた。時折、ビクビクッと激しく痙攣する黒瀬からは切実さすら感じた。

「——ッは、……っく、……ぁあ……ぁ……、——んぁ……ぁ」

「……春、……はぁ……っ、——あずま……っ」

ドクドクと注がれる熱に、内側から焼かれてしまいそうだ。

それでもなお足りないと訴える己の浅ましさに呆れつつも、黒瀬を求める心がそうさせるのだと思うと素直に欲望を口にできた。

「まだ……っ、……ぁ……あ、……全部、くれ……っ、全部」

優秀な子をなすための道具にされることを嫌うあまり、誰とも肌を合わせずにいた人。五色が初めてだと言った。この年まで誰とも肉欲に溺れずにいた。

深い闇の中にいた男は、今五色の腕の中で下腹部を激しく震えさせている。

「春……っ、……あずま……っ、……愛してる」

キスをねだると、腰をやんわりと動かしながら奪ってくれる。濡れた唇を黒瀬の唇で塞がれると、知らず嬌声が漏れた。

「俺も……、俺、も……っ」

黒瀬の射精は小一時間続いた。その間、五色は頂の中で注がれるまま身を差し出すしかなかった。生け贄のごとく、獣の鋭い牙に突き上げられて震えているだけだ。

けれども果てたあとは幸福の海に漂い、黒瀬の重みを全身で受け止めた。すぐには呼吸が整わないらしく、汗ばんだ背中が微かに上下している。

「このままどこかに閉じ込めておきたいよ」

ふと流れ込んできた黒瀬の声に、背中に回した腕に力を籠める。

「あの……さ……」

自分でも何を言おうとしているか、わからなかった。言葉は続かず、黙りこくってしまう。直に伝わる体温を味わっていると、手を取られ、顔の横で指を絡ませてギュッと握られた。手を繋ぐという単純な行為にすら幸せを感じる。

「いつまでも他人行儀なんだな」

呆れているのか責めているのか、わからない表情だった。

「呼び名なんてなんでもいいだろう」

「そうだな」

同意され、急に呼び方を変えたくなった。

玲二さん、と頭の中に浮かんだが、一瞬で却下する。玲二、と口にしてこれもどこか違うと否定した。

「……玲」

しっくりきた。もう一度つぶやく。「——玲」

呼んだ自分のほうがドキドキするなんて、どうかしている。

そう思うが、自分だけではないとすぐにわかる。五色に体重を預けていた黒瀬が顔を上げた。見つめ合ったまま、もう一度口にする。

「玲……っ、——ぅん……っ！」

乱暴に唇を奪われて、言葉を奪われた。

ああ、もう火がついたのか……、と呆れるが、その単純さは嫌いではなかった。いつも軍服に身を包み、理性という名の鎧で固めている男が、たったひとことで豹変するのだ。

「春、お前に名前を呼ばれながら、お前の中に注ぎたい」

「——んあぁ……ぁ」

果てでもなお嵩のあるそれを抜かれ、出て行かないでと躰が啜り泣く。けれども、すぐに俯せにされて後ろから深々と押し入られた。

「んぁ……っ！」

息がつまるほどの存在感。自分の感覚はないのに黒瀬の太さだけは感じる。熱に包まれたそこが貪欲にむしゃぶりつくと、黒瀬からも余裕が失われていくのがわかった。

「お前を……っ、犯り殺して……しまいそうだ」

恐れを口にされ、頭を振る。自分の中のSアルファの血に怯える黒瀬もまた、たまらなく魅力的だった。

殺されたりしない。死んだりしない。黒瀬という男を全部受け止めてみせる。

「嚙ん、で……、嚙んでくれ……っ」

枕に顔を埋めながら訴えると、うなじにはっきりと黒瀬の歯を感じた。

上沼に無理矢理番にされた時のことが思い出される。あの時黒瀬は、いびつな歯形を残す五色のそこに嚙みついて上書きした。二度と黒瀬とは抱き合えないはずだったのに、こうして全身で愛する人を味わえる。

「玲、玲……っ、もっと……強く、嚙んでくれ……、玲……っ」

何度も唇に乗せた。何度も、何度も……。唸り声にも似た吐息を漏らしながら嚙みついてくる黒瀬に、自分たちこそが運命の番だと言われているようだった。

誰も上書きできない。それがたとえSアルファだとしても、二人を引き裂くことなどできないと……。

更けていく夜とともに、濃い蜜のような愉楽に沈んでいく。


意識の向こうでカナタの泣き声が聞こえていた。

ああ、起きなければ。起きて、カナタの様子を見に行かなければ。

何度も自分に言い聞かせるが、目が開けられず、躰も動かない。疲れすぎて、半分は起きているのに、まだ眠りが自分を手放そうとしない。

そんなことを考えていると少しずつ覚醒していき、ようやく瞼が開いた。

「カ、カナタ……ッ！」

ガバッと起きたつもりだったが、躰はついてこない。なんとか身を起こしてベッドを下りようとした時、ドアが開いた。

「まだ寝ていろ」

「でも、カナタが……」

「泣いてたからオムツを替えてミルクをやった。今はぐっすり寝てるぞ」

ベビーモニターで、すやすや眠る姿を見せられ、ベッドに戻る気になった。一度脱力してしまうと、二度と起き上がれない気がする。それほどの疲労を躰にため込んでいても、心は満たされていた。

昨日はあれから明け方まで抱き合った。

発情状態の黒瀬を思い出し、本当に同一人物なのかとベッドの横に立つ黒瀬にチラリと目を遣る。

荒れた海のような激しさは消え去り、森の中で横たわる湖のごとき静けさが彼を包んでいる。

「あと少し寝られる」

時間を確認してベッドに潜り込んできた黒瀬は、当然のように五色を抱き寄せた。身を委ねると、トクン、トクン、と心臓の音が聞こえる。ぴったりと重なり合った躰から、体温や心音、血の流れまでもが伝わってくる。

五色は、外部機関の荒木が来た時のことを思い出していた。

人見知りのヨウは突然の訪問者に不安そうに「こわい」と口にした。けれども黒瀬に抱っこされ、そのうち眠ってしまった。

あの時のヨウが、いかに安心できたのか今ならわかる。体温。心音。胸板に耳を当てて聞く声は籠もっていて普段と少し違うが、それもいい。

「なぁ、玲。俺たちは大丈夫。そうだよな?」

まだ気恥ずかしさの残る呼び方を口にする。

「ああ、俺たちが全力で護るから当然だ」

気休めなどではない。覚悟を感じさせる言い方だった。そして、勇気が湧いてくる。

トクン、トクン。

心音が伝わってきた。

大丈夫。大丈夫。

そう五色に言い聞かせているようだ。一晩中苛烈なまでに愛し合ったあととは思えない、穏やかな時間が過ぎていく。

ふと、メグに大好きだと言っているかと聞かれた時のことを思い出した。

愛してる。

あの時はまだ無理そうだと思っていたが、今なら素直に伝えられる。今なら、熱い交わりや熱情に手を借りずとも、口にできる。

「なぁ、玲……」

「なんだ?」

愛してる。

口にしたつもりだったが、あまりにも満たされた時間だったからか、それが声になる前に五色は睡魔にさらわれた。

黒瀬と抱き合って精神的に安定したのか、発情のような状態はいったん落ち着きを取り戻した。武田に強めの薬を処方してもらったことも、気持ちを楽にしてくれている。

結局、愛していると言葉で伝えられなかったが、いずれチャンスは来るだろう。その時は素直に口にしようと決めていた。

「すみません、先生。この前は行けなくて」

「大変だったそうじゃないか。わしを気遣っている場合か。それより随分と物々しい雰囲気じゃな」

武田がそう言いたくなるのも、無理はなかった。現在、屋敷の周りは軍が警備をしている。五色の発情がどこまで影響を与えるか不明なこともあり一定の距離を置いているが、不審な人物は近づけないだろう。

武田が中に入るのにも身元確認が必要で、数種類の漢方を持参していたせいで確認に時間がかかった。

うんざりした顔で目の前に現れた時は、おかしいやら申し訳ないやら。

「今日からしばらく屋敷を離れることになりました」

「そうか、大変だがそのほうがいいだろうな。軍の施設に行くのか？」

「いえ。外部機関が用意した場所だそうです」

「まぁ、それも仕方ないな」

軍上層部の行った人権侵害の首謀者たちは捕まり再編成もされたが、外部機関が設置された今、オメガに関するすべてを軍で決めるわけにはいかなくなった。

ことあるごとに彼らが出てきて、あれこれと指示を出してくるらしい。

今回も、軍の施設で五色を保護するといったん決まったが、そのあとすぐに撤回された。無理にことを進めれば軍の暴走と捉えられかねない。そうでないと証明するには、おとなしく言うことを聞くしかなかった。

「そうか。面倒じゃな」

「ま、イイ子にしてますよ。家族の面会は自由ですし、正式に申請すれば先生と会うのも可能です。登録頼みますよ。俺が発情してからはずっと先生の漢方飲んでるんだし」

「そうじゃな。チェスでお前さんに勝つのを目標にしておるからな。年寄りの楽しみを奪われちゃ困る」

「また矢内さんに負けたんですか?」

五色の鋭い問いに、武田はほとんど聞こえないような声で「ぅ……」と呻(うめ)いた。なんだ図星かと笑う。

「店のほうはどうです? 忙しいんでしょ」

「新しい男を雇ったよ。お前さんが戻ってくるかもしれんと思って正式に採用はしておらんかったが、その見込みは消えたようじゃしな」

「すみません。だんごは元気ですか？」

「ああ、相変わらず喰ってばかりのデブ猫じゃよ」

武田の店で処方箋どおりに漢方を調合していた頃が懐かしい。飴色(あめいろ)の床やアンティーク家具に囲まれた空間は、忙しない時間とは無縁の落ち着く場所だった。

床を磨くのが日課になっていたっけ。

「ところで嬉しいことでもあったか？」

「え？」

ニヤリとされ、自分がそんな顔をしていたことに驚いた。だが、思い当たる節はある。

「別になんでもないですよ」

そう言いながらも自然と顔がほころぶ。なんでもないなんて嘘だと武田にはお見通しだろうが、このことは誰にも教えるつもりはなかった。どうせいずれ気づかれる。それまでは自分の中に大事に持っていたい。

子供が砂浜で見つけてくる綺麗(きれい)な貝殻のように。森で拾ってくるどんぐりのように。

玲。

呼び方を変えただけなのに、黒瀬の名を心の中で唱えただけで温かいものが込み上げてくる。それはじんわりと広がって、五色の躰全体を包んだ。

躰だけでなく心も強く結びついた夜を思い出し、もう一度繰り返す。玲。

「ニヤニヤするな」

「し、してませんよ」

「お前さんがそんな顔をするとはな……。わしは一人息子を婿に出す気分じゃよ」

寂しそうな武田の想いに感謝する。

「ねーねー、しろいじーちゃん。あそぼうよ！」

さっきから待っていたユウキが痺れを切らしてやってきた。ドアの向こうでは、子供たちがズラリと並んで控えている。ママが白いじーちゃんを早く解放してくれないかと、わくわくと胸を躍らせているのだ。

「どれどれ、じーちゃんが遊んでやろう」

「大丈夫ですか？　うちのわんぱくどもは最近体力の限界を知りませんよ」

「登録の手続きが済むまで会えんだろうからな。今日はたっぷり暴れるぞ～」

キャーッ、と楽しげな声が響いた。庭に出ていいかと子供たちに聞かれ「行ってこい」と送り出す。外部機関の荒木が来るまで二時間ほどあったため、忘れ物はないかチェックしようとしたところでカナタが泣き出した。

「どうした～？」

抱っこするがオムツは濡れていない。さっきまで傍に感じていた兄弟たちの気配が消えて、寂しくなったのだろう。みんなのところに連れていってやりたいが、屋敷を出る準備がまだ終わっていない。

「ほら。泣くな泣くな。あとで遊んでもらおうな〜」

荒木の顔を思い出し、少し憂鬱になった。

仕事には忠実だが、あの男は融通が利かなそうだ。前回の聞き取り調査でもそれは感じていた。これからしばらく自由は制限されるだろう。

「どうしたんだ？　今日はご機嫌斜めだな」

その時、屋敷の警護をしている軍の担当から連絡が入った。荒木が来たようだ。予定より随分早い。

しばらくすると、ＩＤなどのチェックを終えた荒木が現れる。

「早いですね」

「申し訳ありません。あなたの安全のためですので、少しでも早いほうがいいと」

カナタがいっそう激しく泣き始めた。あやすが、泣きやまない。ここまでご機嫌斜めなのはめずらしい。

「もうちょっと遊ばせたいんですけど、駄目ですか？」

「残念ですが、準備ができているのならすぐに出たいところなんです。急いでください」

自分は予定より早く来ておいて、急いでくださいはないだろうとムッとする。

「来客中なんですが」

「遊びにお連れするのではありません。あくまでもあなたやお子さん方の保護のためだとご理解いただいていると思いましたが。ご不満でしょうか？」

口答えする気か、と言われた気分だった。人当たりのいい態度や口調とは裏腹に、その後ろに血の通っていない冷たい部分があるのを感じる。

「いえ。我が儘言ってすみません。急いで支度します」

五色は頭を下げ、まだ泣きやまないカナタを抱っこしたまま寝室に向かった。忘れ物がないかスーツケースの中を確認する。

以前ならこんなに従順な態度には出なかっただろうが、子供たちのためならどんな態度を取られても謝罪できる。

このくらい簡単なことだ。


五色が荒木に頭を下げている頃、黒瀬は部下からの報告を受けて閉鎖された小さな食品加工工場に向かう準備をしていた。

表沙汰にはなっていないが、このところオメガの拉致事件が続いている。『ＡＡｓＡ』が絡んでいるのは間違いなく地道な捜査を続けていたが、手掛かりはほとんどない。しかし、先日、稼働していないはずの工場の消費電力が一定の状態で保たれていると報告があった。『ＡＡｓＡ』の足取りを追っている時に発見した場所で、施設の持ち主とオメガの拉致に関係していた『ＡＡｓＡ』の関連が強く疑われるため、捜査に乗り出した。

「偵察の結果、現在は人が出入りしている様子はありません」

「逃げたあとかもしれんな」

「はい。何か手掛かりが残されている可能性もありますし、罠ということも考えて準備をしています」

「そうだな。気をつけろ」

司令室には、阿合の他に軍人が三名いた。椅子に座り、モニターに向かっている。黒瀬と別チームとの連絡だったり、調査だったり、その仕事は多岐に亘(わた)る。上沼の事件以降、警察との情報共有も一部では始まっていた。

必要なら、捜査協力という形で警察の手を借りることもある。

「ところで、今日は保護施設に移動する日だったな」

「はい」

警護の者が五色から目を離したあの交通事故は、仕組まれたものだった。ただ、運転手は金で雇われた捨て駒で『ＡＡｓＡ』とは思想的な繋がりなど一切ない。

「うちで保護できればよかったんだが。仕方のないこととはいえ面倒だな。外部機関が乗り出してくると何もかもが複雑になる」

黒瀬は五色が襲われた時のことを思い出していた。

メグから連絡があり、ママがずっと熱を出しているようだと言ってきた。このところみんなが寝静まった頃に帰り、起きてくる前に出て行くといった日々の繰り返しだったため、体調の変化に気づいていなかった。

嫌な予感がし、仕事を切り上げてＧＰＳで五色の居場所を特定したまではよかった。向かっている最中で入ったＳＯＳ。緊急時用にボタン一つで黒瀬に連絡がくるよう設定してある。

軍に応援を要請して五色のもとへ駆けつけると、抑制剤を何本も打ちユウキとカナタを護りながら黒瀬の到着を待っていた。

『あっちに、逃げた。多分、Ｓアルファ……』

何もできなかった。一足遅かった。危険な目に遭っているのに傍にいなかった。どんな思いで待っていただろうと思うと、自分への苛立ちは時間を追うごとに大きくなっていく。

Ｓアルファなんて特別な存在のように言われているが、肝心な時に何もできないなら特別な能力など必要ない。そんなものはいらない。

愛する者を護れる力が欲しい。

「くそ……」

苛立ちが口から零れ、阿合と目が合った。「申し訳ありません」と頭を下げると、失礼な態度を咎めるどころか嬉しそうに笑う。

「お前がそんな悪態をつくとはな」

「今後は気をつけます」

「責めているんじゃない。お前の変化を好ましく思ってるよ」

変化。したのだろうか。自問するが、わからない。時間になった。

「そろそろ行きます」

「気をつけろ」

「はい」

黒瀬は司令室を出ると、複数の車輛に分かれて件の工場へと向かった。敷地は有刺鉄線で囲まれていて『立ち入り禁止』と書かれてあった。黒瀬が指示を出し、敷地を取り囲む。

『いつでも行けます』

配置についた部下から無線で連絡が入り、突入させた。

黒瀬はモニターで最前にいる部下から送られてくる映像を見ていた。工場内に人気はない。クリア。クリア。クリア。次々とドアを開けて進んでいくが、拉致されたオメガどころか誰かが監禁されていた形跡すら見つけることはできない。

不発のようだが想定内だ。しかし、地下を捜索している部下から再び無線が入る。

『大佐。来てください。死体を発見しました』

「誰だ？」

『ＩＤはありません。今、犯罪者リストや政府関係者などのデータと照合をしているところです』

「今行く」

話によると冷凍室の中だという。消費電力の謎は解けた。だが、人一人の死体を隠すためなら少々大袈裟(おおげさ)だ。

現場に向かう途中、照合の結果がすぐに報告された。指紋はエラーが出て顔認証でも弾かれたという。

「軍が持ってるオメガのデータベースと照合しろ」

『ＡＡｓＡ』関連ということは、拉致されたオメガかもしれない。ＩＤも指紋もないとなると、子供の頃にさらわれた可能性も考えられた。親が売り渡すケースも……。

『出ました。荒木海斗です』

「荒木海斗だと？」

『はい』

黒瀬は眉根を寄せた。つい先日会ったばかりだ。屋敷での聞き取り調査の時、五色とのことを根掘り葉掘り聞かれた。懸念していたとおり融通の利かない役人のような仕事ぶりで、内心閉口していた相手だ。そんな男が、何者かに殺された。

外部機関から派遣された荒木がなぜ『ＡＡｓＡ』のメンバーと繋がりがあると疑われる施設で死体となって発見されたのか。

荒木は軍を監視する側の人間だ。軍にとって少々煙たい存在であるのは間違いない。面倒が増え、身動きも取りにくくなる。『ＡＡｓＡ』にとってプラスとはいかずともマイナスにはならない存在のはずだ。政府の職員だというのに指紋も顔認証もヒットしなかったことが気になる。

「間違いないのか？」

『はい。二回確認しました』

ようやく地下に辿り着き、黒瀬は部下たちの間を縫って中へ入っていった。冷凍庫の中は寒く、吐く息が白い。氷の世界では静かなモーター音が不気味に響いていた。

「こちらです」

奥に進んでいくと、スーツを着た男の死体が転がっていた。全身に霜が降りてうっすら白くなっている。

心臓が違う動きをした。ドクン。

「データは間違いないのか？」

「はい。荒木海斗。外部機関の職員です」

ドクン、ドクン、と心臓が早鐘を打つ。

中肉中背。紫色に変色しているが、生きていれば唇はふっくらしていただろう。顔全体が丸みを帯びていて、穏やかそうだ。美形ではないが、いかにも善人という印象だ。

目の前の死体が、自分の知る荒木海斗と別人なのは間違いなかった。

「屋敷の警護チームに連絡しろ！　誰も入れるな！」

ドク、ドク、ドク、ドク、ドク、ドク……。心臓が大暴れする。仕組まれた交通事故。あれはまだ終わっていなかった。二重、三重に張り巡らされた罠。

警護チームから連絡がきて、すでに今日は二人屋敷に入ったという。一人は武田。そしてもう一人は——。

「荒木海斗は偽物だ！　すぐに確保しろ！」

五色のスマートフォンにかけ、祈った。

頼む。電話に出てくれ。

ヴヴヴ、ヴヴヴ、とスマートフォンがテーブルの上で震えていた。ベッドに広げたスーツケースに最後の荷物をつめ込んでいた五色は、手を止めて振り返った。電話を置いたサイドテーブルは、荒木の向こうにあってここからは見えない。

「急いでください」

「でも電話が……」

「あとでかけ直してください。あなたとお子さんたちの安全が第一です」

予定とは違うのに、有無を言わせない態度を取られてムッとする。荒木はほんの十分ほど前にも、武田のことを無下に追い返して五色を苛立たせた。だが、ここで言い合いをしても不毛だと、黙って従う。

スーツケースを閉じ、カナタのオムツをリュックに入れた。あとは液体ミルクをいくつか持っていけばいいだろう。

「準備は？」

「できました」

スマートフォンをポケットに突っ込んで部屋を出ると、武田と十分に遊べなかった子供たちがリビングでおとなしく待っている。メグとタキがベビーベッドを覗いていた。抱っこ紐をつけてカナタを抱え上げると、ヨウが不安そうな顔で抱きついてくる。

「ママ……」

「どうした？」

「ごめんね、ヨウちゃん。わたしが来たからびっくりしたんだよね？」

優しい声色で話しかけられても、五色にしがみつくヨウの力は切実だった。何をそんなに警戒しているのだろう。白いじーちゃんを追い返されたからか、ユウキの荒木を見る目も険しかった。

子供たちの中で一番のわんぱくだが、人懐っこさも人一倍のユウキがこんな顔をするのはめずらしい。

「パパは？」

「パパはお仕事が終わってから来るから心配するな。先にこのお兄さんと一緒に施設に行こうな？」

「しろいおじいちゃんは？　いっしょにこないの？」

「今日はこないけど、何日かしたら会えるようになる。それまで我慢な」

コクリと頷くヨウの頭を撫でると、またスマートフォンが鳴った。今度はいいだろうとジロリと睨んで電話に出る。

『俺だ』

黒瀬の声を聞いて苛立っていた心が落ち着きを取り戻した。いつからこんな効果をもたらすようになったのだろう。記憶を辿るが、よく思い出せない。

一瞬顔がほころぶが『よく聞け』と厳しい声で言われてよくない知らせだとわかる。

『荒木は傍にいるか？　いるなら俺からの電話だと悟られるな』

ドキリとした。癒やされたはずの心は、凍てついた湖に突き落とされる。

「なんですか、武田先生。忘れ物でもしたんですか？」

一瞬、間があった。電話の向こうの黒瀬がどんな顔をしているのか、想像がつく。

『そいつは偽物だ。政府の人間じゃない。本物の死体が見つかった。おそらくそいつは替え玉で『ＡＡｓＡ』のメンバーだ。逃げたＳアルファだろう』

逃げたＳアルファ。ゴクリと唾を呑んだ。

『ＩＤは本物を利用して写真をすり替えてあるようだ。指紋なんかのデータもハッキングされて書き換えられている』

「マ、マジですか。そんなもの見当たらなかったけど、ないと困るでしょう。探しときますよ」

『今、警護の連中を突入させた。到着までなんとかもたせろ』

鼓動がどんどん速くなるが、今子供たちを護れるのは自分しかいないと言い聞かせた。

警護の軍人が来てくれる。それまであと五分。いや、三分でいいかもしれない。

たったそれだけの間、荒木に――荒木の替え玉に悟られないようにすればいいのだ。

笑いながらリラックスした表情を見せようと、さりげなく躰を反転させた。目に飛び込んできたのは、クマのぬいぐるみを抱くメグに話しかける荒木の姿だ。

メグは自分のお気に入りのクマさんを褒められて嬉しいようで笑っている。ずっと笑っていてくれ。五色の願いは贅沢なものではないはずだ。

偽物の荒木と目が合った。

「すみませんって、先生。せっかく来てくれたのに追い返すようにして……、だから、仕方ないでしょう。保護してもらうんだから。今度埋め合わせはしますって」

『電話はこのまま繋いでおけ』

「わかりましたよ。次に会う時に必ずそうします。また連絡しますね」

軽い口調を心がけ、電話を切るふりをしてポケットにしまった。何食わぬ顔で子供たちのいる位置を確認する。

「誰です?」

「武田先生です。さっき追い返されたから不満そうでした」

「それは悪いことをしましたね」

「仕方ないです。でも世話になった人ですから、ご機嫌はとっておかないと」

まず、子供たちをあの男から遠ざけて安全を確保する。そして、取り押さえる。屋敷に入る時はボディ・チェックをするから武器類は持っていないはずだ。

「五色さん、どうかしたんですか？」

「いえ」

「準備ができたのなら行きましょう」

マルオとメグが手の届かないところにいた。ハイハイすらできないカナタもいる。七人を一度に護ることは、どう考えても不可能だ。焦燥に駆られる。

警護の人間はまだなのか。早く来てくれ。早く。

「できれば手荒な真似はしたくなかったんだが……」

キャーッ、とメグが悲鳴をあげた。ツインテールの片方を掴まれて、豹変した替え玉に怯えている。

「メグッ！」

「バレたのなら仕方ない。武器がなくても、ガキの首の骨を折るくらいできるんだぞ」

すべてお見通しというわけだ。五色はギリ、と奥歯を噛んだ。

「メグをはなしてよ！」

「メ、メグにひどいことしないで……」

マルオとアルが言うのと同時に、ユウキが飛びかかっていく。

「おまえわるものだったのか！　メグになにかしたらゆるさないぞ！　――ぅあっ！」

ユウキが腕を掴まれた。苦痛に顔を歪めている。異様な空気を感じ取ったのか、カナタが激しく泣き始めた。

「待ってくれ！　頼むから、子供たちに乱暴はしないでくれ。なんでも言うことを聞くから……おとなしくついていくから、子供たちは解放してくれ」

「それはできないな」

冷酷な声が希望を蝕んでいく。

「どうやってお前を手に入れようか考えたよ。軍の警護を欺くのは簡単じゃない。だが、例の事件のおかげで外部機関なんてものができた。これを使わない手はないだろう？」

なるほど考えたものだ。外部機関の人間になりすまし、五色たちのいる屋敷を特定する。懐に飛び込めば、中の構造もセキュリティもすべて把握できるのだ。

じっくりと計画を練ることができる。

「ガキどもにも役に立ってもらおう。国の未来のために、アルファを製造しなければ」

アルファ工場。

我ながら嫌な言葉を想像したものだ。だが『ＡＡｓＡ』がやろうとしているのは、それに他ならない。

「オメガに人権など必要ない。優秀な子を産む以外、なんの役にも立たない人間だ。お前はアルファを産む確率こそ高いが着床率が悪い。研究材料として貢献して初めてＳオメガの価値が出る。――わかったか、黒瀬！」

「！」

ポケットに手を突っ込まれ、スマートフォンを取られた。舌打ちする黒瀬が容易に想像できる。

「追いかけてこい。愛する者を守るために、一人で追いかけてくるんだ。でないと、すべて失うぞ」

電話を切ると電池を抜く。黒瀬との繋がりを絶たれた。さらに、五色が肌身離さず持っている抑制剤も奪われる。

「これがないと、わたしの意志一つでお前は発情する。Sオメガはベータすら惑わすそうだな。黒瀬と番になった今も、無差別に誘うのか？　わからない。試したことはない。未知の部分が多い五色は、いろんな意味で『AAsA』の役に立つだろう。アルファを産む道具として。実験材料として。

「軍の人間がもうすぐ来る。逃げられるとでも思ってるのか？」

「見くびるなよ」

口許に笑みを浮かべた荒木に、屋敷からの脱出方法を聞かされる。目を見開いた。

「子供たちの安全が最優先だろう？　言うとおりにすれば、危害は加えない」

悔しいが、相手が一枚上手だ。

従うしかないのか――自分の無力さをここまで感じたことはない。

二階の寝室に戻るよう言われ、子供たち全員を連れて移動した。

部屋に入った瞬間、廊下から足音が聞こえてくる。警護の者だ。やれ、とせっつかれ、カナタを抱いたままドアを開けて飛び出す。ちょうど階段を駆け上がってくる軍服が視界に入った。

「五色春を発見しました！　保護します！」

無線で誰かに連絡している。黒瀬にも届いただろうか。無事だと安心しただろうか。黒瀬を騙し、子供たちを渡す手伝いをしなければならない状況に、胸が張り裂けそうだ。

「荒木の偽物は逃げました！　北側の階段から下りて裏庭に出るつもりみたいです！」

「行くぞ！」

五色の指差すほうへ、軍服の集団が流れ込んでいく。

「ひとまずあなたを軍で保護します。お子さんたちは？」

若い軍人だった。階級章から経験は少ないと想像できる。

「こっちです」

寝室に招き入れると、隠れていた荒木の替え玉が背後から忍び寄ってあっという間に彼を床に沈めた。軍服を脱がせたあと縛って猿轡を噛ませ、銃を奪う。武器が男の手に渡った。

気を失った彼をクローゼットに押し込む。手際のよさに驚きながら、その一部始終を五色は見ていた。

男は軍服に着替えた。目深に帽子を被ると誰だかわからない。

「余計なことを言うとママが死ぬからな」

お前も言え、とせっつかれ、黙って従うよう子供たちに言い聞かせる。ユウキは不満そうだが、髪を掴まれて震えているメグを見て、悔しそうに頷いた。泣き続けるカナタが、子供たちの恐怖を代弁している。

「行くぞ」

促され、寝室を出た。途中、何人かの軍人とすれ違ったが誰も五色が連れ去られようとしていると気づかない。

「ママ……」

不安そうなヨウと目が合い「大丈夫だから」と言ってせっつかれるまま走る。大丈夫だから。自分の中で繰り返した。命に代えても護るという覚悟の表れだ。

五分後、男は五色たちを連れて堂々と正面玄関から外に出て車に乗り込んだ。

荒木の替え玉として五色たちの前に現れた男の本当の名を、二岡(におか)といった。

ずっと外部機関から派遣されたと思っていた男が、まったくの別人だったなんて信じられない。

二岡、二岡、と頭の中で繰り返したのは、殺された本物の荒木という人が、いつまでも自分の名前を使われたくないだろうと思ったからだ。ささやかな反抗とも言える。

屋敷を出て三十分。五色たちは待機していた車に乗り換えて高速を走っていた。車の中には『ＡＡｓＡ』のメンバーらしき男たちが乗っている。

ハンドルを握るのは、どこにでも溶け込めそうな特徴のない男だ。助手席に二岡が座り、後部座席にはカナタを抱っこした五色とユウキ。その隣には、岩のような体格の男が乗り込んでいる。

メグたちは他の車に分乗させられていた。これでは隙をついて逃げるのは不可能だ。まったく身動きの取れない状況に何もできないまま時間が過ぎるばかりだが、それでも気持ちだけはしっかり持とうと自分を励ました。

子供たちは必ず護る。黒瀬もいる。チャンスはいつかやってくる。

車は高速を下り、さらに十五分ほど走ってから山道を登っていった。

「停めろ」

二岡の言葉に、運転手が怪訝そうな顔をする。

「あと五分ほどで到着しますが？」

「いいから停めろ。後続車が遅れている」

車は徐々に速度を落としていき、路肩に止まった。しばらく待っていると他の車輌が追いついてくる。一定の距離を置いて、三台停車した。

二岡が無線で後続車へ連絡を入れる。

「どうかしたか？」

『いえ、問題ありません』

「遅れるな。何を考えてる」

『申し訳ありません』

「ガキどもは？」

ママ、と聞こえた。タキの声だ。胸が締めつけられる。

「頼むから、子供たちを怖がらせないでくれ」

五色の頼みなど聞く気もないといった態度で、二岡はもう一台とも連絡を取り合った。こちらも応答がある。けれども何を警戒しているのか、黙って車を降りた。後部座席の扉が開いて外に出ろと命令される。

「え……」

「いいから外に出ろと言ってるんだ。そっちのガキもだ」

言うとおりにすると、カナタを抱っこしたままユウキと手を繋いだ。小さいが、ギュッと握ってくる力は強い。不安だろう。力強く握り返して励ました。

動かない後続車を見ながら、二岡は無線に向かって言う。

「黒瀬はそこにいるのか？」

予想もしていなかった言葉に、ドキリとした。ずっと嫌な予感ばかり続いていたが、今は見えた小さな希望で心臓が高鳴っている。

しばらくすると、後続車の後ろから軍の車輌がゆっくりと姿を現した。

「ふん、油断ならん奴だ」

『お前の乗ってる車以外、俺たち軍が掌握している。観念しろ。大事な家族は返してもらう』

無線から黒瀬の声が聞こえてくる。力が抜けそうだった。別の車に分乗したメグたちは無事に保護された。あとはカナタとユウキだけだ。

警護の目を欺いたはずなのに、信じられない思いでいっぱいだった。

『軍服に着替えて脱出するのは悪い考えじゃなかった。だが、春が逃げたと訴えたはずのお前が見当たらない。すぐに気づいて部下を戻らせた』

「こちらには人質がいるんだぞ」

『この状況で逃げられると思っているのか？』

「人質がどうなってもいいなら、好きにするんだな」

「――ぐ……っ」

髪を摑まれ、車に乗せられる。前方から別の車が突っ込んでくるのが見えた。軍の車輌ではない。降りてきたのは銃を装備した男たちで、軍に向かって発砲した。

「出せ」

五色たちがいる中では、十分な攻撃はできない。黒瀬の見ている前で、いとも簡単に連れていかれた。銃声がどんどん遠ざかっていく。ここまで追ってきたのに、このままでは黒瀬たちは振りきられてしまう。なんとか今の状況を打開しなければ。

自分に向けられた銃口に目を遣り、覚悟する。

「残念だったな」

「いつまでも逃げられると思ってるんですか?」

「お前たちが手元にいる限りはな」

運転手の無線に仲間から二岡に連絡が入った。子供たちを乗せた車は逃がし、黒瀬を見失ったという連絡に唇を歪める。

「ふん、忌ま忌ましい奴だ」

「ママ……」

不安そうにするユウキに「大丈夫だ」と笑顔を見せ、頭の中で何か策はないか考えた。

このままでは連れていかれる。なんとかしなければ。

ある考えがよぎったが、そうすべきか迷った。危険な行為だ。けれども黙って座っているだけでは状況は悪くなる一方だ。それなら――。

覚悟を決め、実行に移す決意をする。

「ユウキ、パパが迎えに来てくれるからそんな顔するな。シートベルトしとこうな？　車に乗る時はちゃんとつけるんだって、いつも言ってるだろ？」

「うん」

二人のやり取りに二岡はふん、と鼻を鳴らした。嗤うなら嗤え。

気づかれないよう抱っこ紐のアジャスターをきつめにし、しっかりと躰に密着させてから軽く息をついた。足を突っ張らせて躰を固定すると、車が加速したタイミングで行動に出る。

「――っく！」

銃を持つ二岡の手を摑むとパン、と発砲した。弾は運転手に当たって車は制御不能となり、蛇行したのち木にぶつかって停まった。シートベルトをしていない二岡は、まともに衝撃を受けて呻いている。

「ユウキ、こっちだ！」

五色は隙をついて山中に逃げ込んだ。

「走れ！　かけっこもかくれんぼも得意だろ！」

「うん！」

できるだけ恐怖心を抱かせないよう励まし、逃げ続ける。カナタの泣き声が山中に響いた。声を辿って追ってくるだろう。だが、それは黒瀬も同じだ。必ず追いついてくる。必ず。それまで逃げ続けるしかない。

「ママッ」

「がんばれ！　あんな奴に……っ、……ッ！」

心臓がドクンと大きく跳ねた。息が吸えなくなり、その場に蹲ってしまう。

「はぁ……っ」

「ママ、どうしたの？」

街中で発情を促された時と同じだ。身動きが取れなくなる。抑制剤は奪われて手元にはない。

悔しくてたまらなかった。Sアルファの前にあまりに無力だ。魂の番と言える相手と出会ってもなお、己の意志に反して発情する。それでもなんとか助かる道を探した。

「カナタ、なくな。カナタ、ママがたいへんだから……なかないで」

ユウキが訴えると、その声を聞き届けたかのようにカナタがピタリと泣きやむ。

「ママ、カナタがなきやんだ」

「ああ、お兄ちゃんに……言われたから、だな」

「いいこだな、カナタ。はやくおれとあそぼうな」

自分だって怖いだろうに、必死でカナタに話しかける姿を見て目頭が熱くなる。どうして普通に生きられないのだろう。なぜ神は、第二の性などというものを人間に与えたのだろうか。

その存在を信じていない五色ですら、恨みごとを口にしたくなる。だけど諦めてたまるか。

五色は折れそうになる心を必死で立て直した。

「ユウキ、カナタを……連れて、逃げ……ろ」

「……ママ」

ユウキへの影響はまだ出ていない。カナタが泣きやんだ今のうちに遠くへ逃げれば、二人だけでも助かるかもしれない。

「頼むから、パパが……必ず、来るから……っ」

信じている。黒瀬を信じている。それだけが五色の支えだ。

「わ、わかった」

ユウキは気丈にもカナタを抱えた。名前のとおり、勇気のある子だ。上沼に監禁された時も、この子は難しい役目を買って出た。子供一人が通れる狭い通気口を通って助けを呼びに行ってくれなければ、今はなかった。

こんな小さな子に希望を託すのは酷だと思うが、今はそうするしかない。

「頼むぞ、ユウキ」

「うん」

ユウキがカナタを連れて山の奥へと入っていく。入れ違いに、草を踏みしめる音が近づいてきた。二岡だ。

「逃げても無駄だ」

ふぅ、と息をつき、欲情した目つきで五色を見下ろす。

「お前のフェロモンはすさまじいな。やはり番でないわたしにすら、多少は影響するらしい。Ｓオメガの研究にお前は役立ってくれそうだ」

言いながら、ポケットのケースから注射器を取り出して腕に打つ。

一本で済んだ。黒瀬は五本だった。

「どこだ、あのガキは？」

「……っく、誰が、お前なんかに……っ、――っく！」

髪を摑まれて歩かされる。地面が湿っていて何度も足を取られた。発情したままの状態でいるのがつらい。発熱が治まらない。欲しくて、たまらなくなる。

その時、山の奥からカナタの泣き声が聞こえた。

「あっちか」

ほくそ笑む二岡の声を聞きながら、黒瀬に祈る——頼むから、早く来てくれ。頼むから。

泣き声が段々近づいてくる。

ガサリと音がして、開けた場所に出た。カナタを抱えたユウキがいる。

「……ユウキ」

「言うことを聞かないとママが死ぬぞ？　その子をこっちに渡すんだ」

「い、いやだ」

「じゃあ、ママが死ぬ」

「しなない。ママはしなない」

ああ、お願いだからユウキを傷つけないでくれ。頼むから、ママの言うことを聞いて怪我するような真似はしないでくれ。

ユウキはまだ小さいのだ。カナタを託したのは、あまりに無謀だったと悟る。己の発情すらとめられず、熱い吐息を漏らしながらも悔しさに奥歯を嚙み締めた。

「仕方ないな。オメガは貴重だが、生かしておくと面倒を起こしそうだ。こういう芽は早いうちに摘んだほうがいい」

嘘だ。子供相手に銃口を向けるなんて——。

「——ユウキ……ッ！」

叫ぶのと同時に銃声が響いた。火がついたようなカナタの泣き声。咄嗟に目を閉じた五色の耳に、ドサリと音が飛び込んできた。ユウキのものにしてはやけに重い。

霞む視界の中で捉えたのは、血で染まった軍服だ。黒瀬だ。追いついた。疼きが激しさを増す中で、地面に転がった小さな靴を見つけた。

ユウキを護ろうとした黒瀬は、倒れたまま動かない。

「パパッ！」

「玲っ、――玲……っ！」

最近ようやく呼べるようになった名前を口にし、涙が溢れる。

どうして放っておいてはくれないのか。多くは望んでいないはずだ。不器用だが愛情深い男と、血の繋がりはないがかわいい子供たち、そして新たに生まれた命。ささやかな幸せを噛み締めて生きるのが、それほど贅沢なのだろうか。

これほどの苦悩を抱えて悶えようとも躰はアルファを求め、心と乖離する。

「黒瀬玲二。こいつらは貰う」

「――ぁ……っく」

視界の隅にカナタを奪われるユウキが映った。黒瀬が躰を張って護った子。五色にとっても大事な存在だ。パパ、と繰り返し呼ぶ声を聞いていると切なくなる。

「にげ、ろ……、ユウキ、お前だけでも……っ、……頼むから……っ、一人で……」

目が合った。恐怖に顔をこわばらせているが五色の訴えは耳に届いている。

頼むから逃げてくれ。

意を決したようにユウキが走り出した。日が暮れた山中を一人で行かせなければならない状況を嘆いた。けれども、ここにいては殺される。

「まぁいい。あんなガキの命を奪ったところでなんの利益もない」

ユウキに執着していないことが救いだった。

「さて、上書きさせてもらおうか」

「は、放せ……っ！」

一度は五色を救った行為だが、永遠の証しを無効にできる力をこの男も持っているかもしれない。

「——春……っ！」

五色を奪われまいと黒瀬は再び立ち上がろうとしていた。無理だ。これ以上動くと命に関わる。

俺より子供たちを——。

「お前に俺の子を産ませてやる」

髪を摑まれ、耳元で囁かれる。上沼の時と同じ悪夢を味わうことになるのかと、気が遠くなるほどの絶望が迫ってくるのを感じた。

「黒瀬もお前や子供たちを護るためなら、生殖活動にいそしむだろう。Sアルファは貴重な存在だからな」

「！」

「わたしもSアルファだ。国のためならいくらでも種を仕込んでやるさ。だが、残念ながらSアルファは着床率が悪い。躰の相性もあるようだ」

「お前、まさか……」

この男のもう一つの目的がわかった。

Sアルファ。

そうだ。黒瀬だ。アルファを増やしたいなら、多くのオメガを妊娠させればいい。だが、限られたコミュニティーで繁殖を繰り返すと血も濃くなり、弊害も出てくる。

そのために必要な新たな血。

「さすがに計画どおりとはいかなかったが、我ながら満足のいく結果だよ」

その時、二岡の無線に仲間から連絡が入った。軍が迫ってきている。山頂に向かうよう指示されているのが聞き取れた。

「残念だが、ここで上書きをしている暇はないらしい」

プロペラの音が聞こえてきた。姿は見えないが、確実にこちらへ近づいてくる。

「最初から……そのつもりだったのか？」

不敵に笑う二岡に底知れぬ恐ろしさを感じた。

仲間はもともと捨てるつもりだったのかもしれない。犠牲を払ってでも、二岡たちが欲しかったもの。

Sアルファと Sオメガ。そして二人の子供。

狙っていたのは、この三つすべてだ。

4

「あの子は、どうして発情しないのかしら」

不安の滲む声が聞こえてきた。聞き慣れた、しかし長いこと聞いていない声だ。自分について話していると、すぐにわかる。

「仕方ない。もう諦めるしかない」

「子供の頃からずっと準備してきたのに。容姿だって恵まれてるわ。あとは発情さえしてくれれば」

あれは母親だ。いつまでも発情しない息子を心配している。いや、心配しているのは息子ではなく、自分の家なのかもしれない。地位のあるアルファと結婚することで父親が出世できるかどうかが決まり、生活も安定する。

五色は胸の奥に何かがつかえたような、そんな苦しさを思い出していた。懐かしい痛みだ。心が抉（えぐ）られる。

オメガが背負うハンデ――子供の頃は理解できなかった意味がわかるようになるにつれて、自分が抱えるものへの不安は大きくなっていった。けれども生まれ持った躰の仕組みが機能しないと薄々感じ始めた時、希望を手にした。不具合が功を奏したと安堵した。

ベータだと思えばいい。むしろ、そのほうがいい。

両親が自分と同じ思いでないと知った時、どれほど傷ついただろう。

次に五色が見たのは、懐かしい景色だった。重々しい空気は去り、淡い光が差し込んでいる。

飴色の床とアンティーク家具。太めの猫。ようやく手に入れた安定。穏やかな日常。だけど足りない。これだけじゃ足りない。

そう思った瞬間、家具の陰から小さな顔が覗いていることに気づいた。

かくれんぼでもしているのか、ぴょこっと出してはすぐに引っ込む。あっちにも、こっちにも。

ああ、そうだ。これが自分が手に入れた幸せだ。

ユウキ、メグ、マルオ、ヨウ、アル、タキ。そしてカナタ。

全員愛している。黒瀬もいた。せっかくの休日なのに軍服を着ている。また仕事だろうか。黒瀬は目深に軍帽を被っていて、子供たちをいとおしげに見ている。

その眼差しは優しく、初めて出会った時に見た闇は感じなかった。深い色の瞳は相変わらず湖の底を思わせる色をしているが、そこにあるのは孤独ではなく静けさだ。穏やかさと言ってもいい。

『なんて顔してる、春』

黒瀬の視線に捉えられ、胸がギュッとなった。

なんでもない。

言おうとしたが、言葉が出てこない。たったそれだけのことすら声にならないほど、黒瀬の表情に息がつまるほどの幸せを感じた。大きく息を吸い込んだ時のように、細胞の一つ一つが幸福で満たされる。

『お前が少しでも楽に生きられるなら、それに越したことはない』

入りきらない幸せが躰から溢れるように、以前言われた言葉が胸に蘇(よみがえ)った。

俺も。

俺も玲が少しでも楽に生きられるならと、思っている。

五色の気持ちが伝わったのか、黒瀬は目を細めると、子供たちを集めて庭に移動した。青々とした芝生の上で、みんな楽しそうに駆け回っている。

絵に描いたような平和。

その時、庭の隅で黒いものが蠢(うごめ)いているのを見つけた。はじめは庭木の影かと思ったが、それは太陽の位置とは無関係に動き出し、黒瀬たちへ迫る。

危ない。子供たちが呑み込まれる。黒瀬はまだ気づいていない。

このままでは全員呑み込まれる。全員。

お願いだから。せっかく手に入れた幸せを奪わないでくれ。お願いだから。なんでもするから、大事なものを奪わないでくれ。

「……れ、れい……、――っ！」

自分の声に目が覚めた。

心臓がドキドキして、躰は汗ばんでいた。見慣れない天井に、それが現実でなかったことに気づく。やけにリアルだった。ため息をついて身を起こすが、自分がまだ悪夢から抜け出せていないんじゃないかと思いたくなる光景が飛び込んでくる。

「なんだ……これ……」

隔離施設のような部屋。パイプベッドと簡素なデスク。トイレとシャワールームらしいスライド式の扉の向こうに、出入り口のドア。おそらく内側からは開かない。

天井を見回すと、監視カメラがついていた。すぐに誰かが来るだろう。

「いて……」

頭痛がして、顔をしかめる。ここに連れてこられるまでの記憶が蘇った。

あれから二岡の仲間が追いついてきて、拘束された黒瀬とともに山頂へ連れていかれた。

銃撃戦での戦利品なのか、連中は軍の無線を持っていた。追っ手の動きは筒抜けだったが、軍がユウキを保護したという情報を拾えたのは幸いだと言える。

着いた先には大きな展望台があり、ヘリコプターに乗せられた。その直後、首に注射を打たれたのをうっすらと覚えている。

次の記憶はこの部屋だ。薬で眠らされていたのだろう。

「……くそ、なんの注射だ」

治まらない頭痛を抱えてベッドから降りた。

黒瀬は生きているだろうか。血だらけの姿を見てから、どのくらいが経っただろう。カナタは？　今頃泣いていないだろうか。

確かめたいことが山ほどあり、焦燥に焼かれた。何かしなければ。何か。

そう思うが頭痛はひどく、すぐには動けなかった。躰の自由が利かないと、悪いことばかりが頭の中を巡る。ベッドに座ったまま、しばらく回復を待った。

このまま、この無機質な部屋に閉じ込められるのだろうか。

黒瀬以外の男の子を孕み、子を産む道具として飼育されるのだろうか。

実験材料として、調べ尽くされるのだろうか。

その時、ドアの前で人の気配がして、五色は涙を拭いて身構えた。入ってきたのは二岡だ。

「やっと目が覚めたか」

友好的とも取れる笑みを浮かべる男を無言で睨(にら)んだ。今すぐここで飛びかかって殴ってやりたい。だが、そんなことをしても発情を促されれば何もできなくなる。感情のまま動くな。頭を使え。

五色は自分にそう言い聞かせた。

「安心しろ。黒瀬は無事だ。お前らの赤ん坊も管理下に置いてきちんと保護してる」

「俺の家族を返せ」

「家族はまた新たにここで作ればいい」

「……ふざけるな」

「そのうち我々の考えに従うようになる。施設を案内しよう」

出られるのかと驚き、黙ってついていく。

廊下はリノリウムの床と白い壁の無機質な空間だった。ところどころドアがあり、中に人がいる。廊下の突き当たりに扉があるが、カードキイでしか開かないようだ。

二岡が五色の考えを見抜いたように嗤う。

「わたしからカードキイを盗もうなんて考えはよせ。大事な家族がどうなっても構わないのか?」

黒瀬もカナタも組織の手の中だ。今はじっとしているしかない。

「お前もここの生活に慣れてもらわねば」

個室の他に娯楽室のような場所もあった。まだ十五、六の少年少女もいる。誰もが死んだような目をしていた。若い子特有の輝きもなく、ただ生きているだけという感じだ。

本人の意志に反してここに連れてこられたのは明らかだった。

「こんなことしていいと思ってんのか？」

「彼らはまだ若い。自分たちの役割を受け止めきれていないだけだ。もう少し大人になると理解してくれるよ」

「それって洗脳じゃねぇの？」

「なんとでも言え」

娯楽室を出ると、また長い廊下を歩かされる。

「ここにいるオメガたちはいい生活を送っている。健康状態は毎日チェックされていて、お腹の子もみんな順調に育っているよ。国家の安泰は我々の手によってもたらされる」

胸くそが悪くなる話だ。ハッと鼻を鳴らす。

大きな窓があり、中庭が見えた。そこでは数人の大人が大勢の子供を遊ばせている。黒瀬の屋敷のように、芝生で覆われていて自然も多かった。目に飛び込んでくる情報から鳥の囀りや優しく吹く風は想像できるが、強化ガラスなのか外の音は聞こえない。子供がどんなに楽しそうに飛び跳ねていても、温度がまったく伝わってこないのだ。

あたかも偽物だと言われているようだった。

幸せを模しただけの張りぼてだ。

「いい環境だろう？」

どこがだ。ここは工場だ。アルファを作る工場。これのどこが『いい環境』だ。

唇を歪めて嗤い、こんな嫌な笑みを最後に浮かべたのはいつだっただろうかと、記憶を辿る。思い出せなかった。

「あんた、人間を製造して本当にこの国がよくなると思ってんのか？」

「お前にはまだ理解できない」

「したくもないね。人を殺してまで……他人の子供を連れ去ってまでやることか」

本物の荒木は、死体で発見されたと聞いた。

そのことを問いただすと顔色すら変えず、むしろ己の功績を自慢するかのごとく、うっとりと語り出す。

「奴は適任だった。新しく組織される外部機関に選ばれたメンバーの中で唯一のオメガだった。お前を担当するのはわかりきっていたからな。早い段階で奴と入れ替わって潜伏していた」

「はっ、そりゃ優秀なこったな」

「オメガがいくら頑張ってアルファ並みの仕事をしても、所詮オメガだ。発情期が来る以上、それは変えられない。仕方のないことなんだ。それならおとなしく子供を産むだけの存在として生きていてくれたほうが国のためになる」

当然だとばかりの二岡に眉根を寄せた。

本気で言ってるのか。

神経を疑いたくなるが、これがこの男の価値観なのだ。どんなに意見をぶつけても、わかり合えることはないだろう。

さらにドアを潜り、研究室のある区画を案内された。

白衣を着た男たちがいる。試験管の中に何が入っているのか、考えたくもない。

「お前には自分の役目を果たしてもらう。黒瀬との子はできた。次はわたしの子を産むことだけに専念すればいい」

「なんだよ。バリエーションをつけようってのか？　あんたの次は誰と子作りすりゃいいんだよ？」

「やけに挑発的だ。お前がそんなキャラだったとはね」

「はっ、今さらキャラなんか気にしてどうするんだよ？」

こんなふうに尖っていた頃が確かにあった。それを忘れるほど、穏やかな時間をたくさん過ごした。

五色を拾い、仕事をくれた武田。呑気(のんき)なデブ猫のだんご。店に茶化しに来る矢内。

ささくれていた心は、何度もニスを上塗りして飴色に変化した武田の店の床みたいに落ち着いた色を放つようになった。こんなに鈍く優しい色が自分の中にあったのかと驚くほどに……。

そして、黒瀬と会った。

闇のような瞳に魅入られた時のことは忘れない。不器用な優しさに気づくのに少し時間はかかったが、今はそんなところすらいとおしいと思える。

運命の番だと信じられる相手。失いたくない。

その時、警報が鳴った。

「状況を報告しろ」

二岡の無線から、黒瀬がまた暴れたと聞こえてくる。血液の採取など、研究員が黒瀬のデータを集めようとしているがなかなか応じないらしい。二岡はそちらへ向かうと伝えたあと無線を切った。

「奴に会わせてやろう」

最後に見た黒瀬の姿が脳裏に蘇った。

黒瀬が囚われている部屋へ案内されたのは、それから数時間が経ってからだった。

餌を見せられ、欲しいと手を伸ばした瞬間、躱(かわ)される。待たされている間は、自分を落ち着かせる術がわからず胸を焦がした。

おとなしく言うことを聞いていたらご褒美をやるぞとばかりのやり方に、五色の心は屈してしまいそうだ。こんなことを続けられたら、もたない。

「待たせたな。こっちだ」

ようやく現れた二岡を見て、ますます心臓が落ち着かなくなった。この男の思うツボだと頭ではわかっているが、会えるならどんな要求にも応えそうな自分を感じている。

一目でいいから黒瀬の無事を確認したい。赤く染まった軍服が先ほどから脳裏をチラチラよぎって頭から離れない。

より厳重な警備の中を潜ると、はめ殺しの窓がついた部屋が見えてくる。見慣れた軍服が目に飛び込んできて、窓に飛びついた。

「——玲……っ！」

黒瀬は生きていた。あれだけの血を流しても、生きていた。足から力が抜けて、床に座り込みそうになる。

黒瀬はリクライニングソファーのようなものに革のベルトで拘束されていた。点滴の管が腕に伸びている。二岡が扉のキイにカードを読ませるのを見て、押しのけるように部屋に駆け込んだ。

「玲っ、……玲……っ」

うっすらと目が開き、深い色をした瞳に捉えられる。

「……あずま、か……、何、そんなに……慌ててる?」

いつもの口調に、泣き笑いが出た。ちゃんと意識もある。よかった。本当によかった。

「タフな奴だ。本来なら動くこともままならない怪我だったのに暴れるなんてな。一度目は医者が治療をしようとした時。二度目は麻酔が切れた直後」

「よくもこんな……っ」

上着のボタンはすべて外されていて、腹に包帯が巻かれている。撃たれた傷は縫合されているようだが、新たな血が滲み出していてガーゼが赤く染まっていた。どう見ても応急処置だ。痛々しい。

「おとなしくしていればきちんと治療が受けられるのに、なぜそんなふうに暴れる?」

「逆に聞くが……どうして、俺を助けようとする?」

「貴重なSアルファだからな。死んでもらっては困る」

五色はここに連れてこられる前の二岡の言葉を思い出していた。

『我ながら満足のいく結果だよ』

組織の目的は三人を手に入れることだった。三人とも必要な存在というわけだ。つまり、簡単には殺せない。

脅すだろうが、命を奪うのは最終手段だろう。特にカナタはＳアルファとＳオメガの間にできた貴重な子だ。五色に二岡の子を産ませるとしても、いつ着床するかわからない子を、着床するかどうかもわからない子を待つリスクは冒さないはずだ。

少し冷静さを取り戻せた。黒瀬のおかげだ。もしかして、それを五色に気づかせるために二岡に言わせたのかもしれない。

「お前にも役に立ってもらう。できればＳアルファの子をもっと作って欲しいからな」

「春以外と……子を作る気は……、ない」

はぁ、と荒っぽい息が漏れた。苦しそうだ。傷が痛むのかもしれない。

「お前に選択権はない」

「俺から……精子を採取、して……、体外受精でもしようってのか？」

「ものわかりがいいな」

「体外受精の……成功率は、どのくらいだ？」

黒瀬の声が嗤っていた。それまで優位な立場で言葉を発していた二岡に、一瞬だけ苛立ちが覗いた。

「さぁな。不明なことだらけだからな。それでも構わん。成功するまでやるだけだ」

「俺の子供ができるといいなぁ」

「わたしを挑発する気か？　いつまでその余裕を保っていられるかな？」

二岡は嫌な目を五色に向けた。ドクン、と心臓が大きく波打つ。

「――はぁ……っ」

ああ、またあれだ――何度も経験してきた感覚に、例の波が訪れるのがわかった。体温が上がり、呼吸が落ち着かなくなり、やがて躰が疼き出す。

「自分の立場を理解するんだな、黒瀬」

「は、放せ……っ！」

腕を掴まれただけでゾクリとした。あの悪夢が蘇る。

黒瀬の前でまたやられるのか。上沼の罠にかかった時のように、黒瀬の前で無理矢理番にさせられるのか。いびつな歯形を残されるのか。

絶望の中で、悲痛な訴えを繰り返す。

「ほう、お前がわたしの発情を抑えたか」

二岡の言葉が冷たく刺さり、我に返った。

より強い牡のフェロモンが、他の牡を遠ざける。

Sアルファにのみ備わった機能だ。Sアルファ同士でもその法則は成立するらしい。二岡に発情の兆候は見られなかった。逆に、黒瀬のほうに変化が表れる。

「その傷でも発情状態になるとはな。興味深い。だが、苦しいだろう。お前の代わりにわたしが彼を抱いてやる」

注射器を摑むと、黒瀬の腕に突き刺した。中の薬剤が押し込まれていく。黒瀬の獣じみた呼吸は落ち着いてきて、代わりに二岡の目が爛々(らんらん)と輝き始める。

嫌だ。嫌だ。

心はそう叫びながらも、五色の両腕は二岡へ伸びていた。運命はなんて残酷だろう。Sオメガに生まれた自分は何度こんな思いをしなければならないのか。いっそ舌を嚙んで死んでやりたいが、子供たちを置いてはいけない。

「——玲……っ！」

掠れた声をあげた瞬間、二岡が目を見開いた。

「よくも……っ」

黒瀬の拘束が外れていた。

発情状態(ラット)になった二岡を組み敷いたあと、部屋の隅に置かれた車椅子まで引き摺っていき、固定する。獣のような獰猛(どうもう)な息を吐きながら、二岡はただ五色を喰い入るように見ていた。

「逃げるぞ。オメガ用の抑制剤は探してやるから、しばらく辛抱しろ」

「……う、……玲……っ！」

ゾクゾクした。こんな状態ではろくに歩けない。けれども二岡が理性的に行動できない今がチャンスだ。

触れられただけで嬌声をあげそうな状態の躰を宥めながら、必死で黒瀬についていった。研究員たちが駆けつける。だが、戦うための訓練を受けていない彼らは黒瀬の敵ではなかった。急所をついたのか、黒瀬の前に立ちはだかった彼らは、ほとんど何もできないまま力なく崩れる。

「こっちだ」

奪ったＩＤカードで扉を次々と開けて五色を連れ出してくれた。保管庫のような部屋を見つけ、中に入る。五色は隅にあるパソコンを操作する黒瀬の足元に蹲ることしかできなかった。

これ以上歩けない。自分を連れていては、逃げられない。

「……はぁ、はぁ……、俺を……置いて、……頼む、から……っ」

「諦めるのは早いぞ」

黒瀬は部屋を物色し始めた。ガラスが割れる音がして、靴音が戻ってくる。

「俺たちは運がいい。ほら、抑制剤だ」

腕に注射された。少しずつ落ち着いてきて楽になる。まともに自分が置かれた状況を把握できるまで回復すると、黒瀬はシステムにアクセスしてカナタの居場所を探していた。

「抑制剤はＢの棚だ。できるだけたくさん持っていけ」

言うとおりにし、ポケットにアンプルの入ったケースを突っ込む。まだ少し発情の余韻があって躰がだるいが、さっきより随分マシだった。

「カナタの、居場所は……わかるのか?」

「システムに侵入した。今、建物の見取り図を探してる」

早く。早く。

祈るように繰り返した。

「カナタは血液検査を受けるはずだ。Sアルファだったら……、——っ!」

つらそうに呻く黒瀬を見て、慌てて軍服をめくった。シャツが血で染まっている。

「血が……っ」

あれだけ動いたのだ。傷口が開くのも当然だ。何か手当てをするものはないかと探したが、ドアの向こうで物音がしたかと思うと、銃を携帯した男たちを引き連れて二岡が現れる。

「そこまでだ。パソコンから離れろ」

黒瀬はゆっくりと両手を広げ、躰を反転させた。警備の男たちが黒瀬を両側から取り押さえる。

「待ってくれ。玲は怪我してるんだ!」

「怪我人にしては元気に飛び回ってたようだが?」

「頼む、乱暴な真似はしないでくれ」

ここまでか。

連れていかれる黒瀬の背中を見ていることしかできない。

「玲っ、——玲……っ！」

「まさか、あの状況からここまでやるなんてな。少々侮っていたようだ」

だけど脱出に失敗した。カナタもまだ二岡たちの手の中だ。警備はさらに厳しくなるだろう。チャンスはもうないかもしれない。

黒瀬が連れ出されると、力なく床に座り込んだ。己の無力さに絶望する。目の前に立ちはだかるものはあまりにも邪悪で、そして強大だ。

立ち向かう気力は、ほとんど失っていた。

次こそ、上書きされる。

戻された部屋で、ベッドに座った五色はその思いに苛まれて深く項垂れていた。そう何度も逃げるチャンスが訪れるわけではない。次に二岡が現れた時には、無理矢理発情させられてうなじを噛まれるだろう。

五色は無意識にシーツを強く摑んでいた。

もし、あの男の子を身籠もるようなことがあれば――。

考えるだけでゾッとした。泣きたくなった。どうしてだと、叫びたくなった。

普通に生きたいだけなのに、と……。

血で染まった軍服を思い出し、もっと素直になればよかったと後悔した。当たり前のようにあった日常はこんなにも脆く、あっという間に指の間から零れ落ちてしまう。幸せは跡形もなく消え去り、今は気配すら残っていない。

失いたくないのに。手放したくないのに。

『ママもパパにだいすきっていってる?』

メグの言葉が蘇ってきて、目頭が熱くなった。

言ってない。

愕然とした。

まだ、ちゃんと言えてない。

言おうと決めてから、何度もチャンスはあったのに――。

毎日届けられるバラ。黒瀬の気持ちを受け取るばかりで、自分は何も返していない。時間が戻ってくれないだろうかなんて、らしくないことを考える。

「う……っく」

もし、このままここから出られなかったら二度と黒瀬には会えない。子供たちにも。

「どうして……、言わな、かったん……だ……っ、ど……して……」

本当にこのまま失うのだろうか。

愛していると言わないまま、失ってしまうのだろうか。

五色は、これまでになく弱気になる自分を止められなかった。絶望に蝕まれて、気力を失う。ここに収容されているオメガたちが、死んだような目をしていたのも当然だ。

ここに希望はない。輝きも。

ただ、生きているだけの時間が存在している。

「玲……」

助けてくれ、と訴えるが、最後に見た黒瀬の姿が五色の希望を灰色に塗り替えていく。

助けに来てくれるどころか、命さえ危うい。こうしている今も、命の灯火は消えかかっている。

ああ、と頭を抱え、悲嘆に暮れるだけの時間が過ぎていく。

それから数日は、人形のように過ごした。二岡や研究員たちの言いなりになり、様々な検査に応じる。

虚無に心を侵食された五色は、空っぽだった。

会いたい。

真っ暗な闇の中で、ぼう、とマッチの火のような明かりが小さく灯った。

もう一度、黒瀬に会いたい。そして、伝えたい。

僅かな風にすら消されそうなほどのそれは、次第に力強さを増していく。時間とは偉大だ。

あれほどの絶望を味わい、心は完全に折れていたはずなのに、数日経つうちに五色の心には再び変化が訪れていた。

十分落ち込んだ。十分打ちひしがれた。あとはもう一度立って、足掻くだけだ。

大事な者を奪われた怒りは、五色に強さを与えてくれる。

もし、自分がここで諦めたら本当におしまいだ。カナタも洗脳されるだろう。あんな男の思想に染まるなんて、絶対に許さない。

まだ不安はあるが、少なくとも虚勢を張るだけの気力は戻っている。

「くそ……」

五色は、もう一度自分が監禁されている部屋を見渡した。

部屋の監視カメラは一台だ。シャワールームにも設置してある。さすがにトイレにはついていない。何か仕掛けるならあの中だ。血を流しながらも自分を助けようとした黒瀬を思い出し、今度はこちらの番だと考えを巡らせる。

ここ数日でわかったことがあった。

定期的な健康チェックと検査。Sオメガのアルファ出生率が高い原因を突き止めようと、連中は躍起になっている。一般のオメガに利用できないかと考えているのだろう。

逃げるチャンスはないと感じていたが、違う。そう思い込んでいただけだ。

探せばどこかにある。希望がある。自らそれを捨てるなんて愚かだ。

五色はその時を待った。

部屋に時計はなく、何もしない時間を過ごすのは苦痛でしかなかった。けれども大事な者を奪われる苦しみに比べれば、たいしたことじゃない。何度も自分に言い聞かせる。

そして、ついにその時はやってきた。

「具合はどうだね？」

部屋に入ってきたのは、顔なじみになった白衣の研究員が一人だ。数日おとなしくしていたおかげで、警戒は緩んでいる。

自分と背丈のよく似た彼が来るのを、ずっと待っていた。

「そのうち外に出られるようになる。部屋に籠もりっぱなしでは君もつらいだろう。運動不足は躰によくない」

「だったら……出してくれ。抵抗なんて、しない……から……」

「どうかしたのか？」

「……吐き、たい……」

「どれ、診せてみろ。熱はないようだが、具合が悪いなら医務室へ連れていこう」

「すみません。我慢でき、な……」

トイレに駆け込むと研究員からは見えないように口に指を突っ込み、本当に吐いた。便器の中の吐瀉物を見た研究員は慌てて中に入ってきて、五色の背中をさすり始める。

「おい、どうした？　いつから具合が悪……、――ぐ……っ！」

一瞬の隙をついて背後に回り、腕を首にかけて頸動脈を圧迫した。

頼む。落ちてくれ。

ただそれだけを祈りながら、絞め続ける。すると、徐々に研究員から力が抜けていくのがわかった。完全に脱力したのを確認して、そっと床に寝かせる。

ふぅ、と息をついた。

健康チェックに使われる時間を考えて、五色に与えられた猶予は二十分ほどだ。様子がおかしければ、すぐに誰かが駆けつける。手早く研究員の服を脱がせて、自分のと交換した。二岡が黒瀬の屋敷から五色たちを連れ出したのと同じ方法だ。

今度はこっちが騙してやる――天井付近に設置された監視カメラの角度を考え、横抱きにしてベッドに運ぶ。モニターで監視しているのだろう。無線に何かトラブルが起きたのかと連絡が入った。

「問題ない」

声が違うと悟られないようできるだけ短く答え、顔が見えないよう横向きに寝かせて布団を被せる。

ばれただろうか。

心臓が跳ねていた。次の瞬間にも銃を持った男たちが押し寄せてきて、あっという間に捕まるんじゃないかという思いに駆られる。だが、廊下はまだ静かだ。心を落ち着かせ、何食わぬ顔で部屋の外に出る。まずは黒瀬が囚われていた場所を目指すことにした。

ドアのところでＩＤを読ませる。開いた。監視カメラの位置を確認する。次のドアもなんなく潜り抜けるが、人の声が聞こえた。隠れる場所はない。

このまますりげなくすれ違うか。でも、声をかけられたら。

選択を迫られるが、答えを出すまでもなく背後に人の気配を感じた。

「動くな」

「！」

腰に銃口が押し当てられる。

あと少しだった。あと少しで逃げられたかもしれない。黒瀬を救い、カナタを捜し出して帰れたかもしれない。悔しさに奥歯を噛むことしかできない。

「どうしておとなしくしてらんねぇんだろうな、Ｓオメガの五色ちゃん」

「や、やな……、――んっ！」

振り返るなり口を手で塞がれ、言葉を呑み込む。しーっ、と人差し指を唇に押し当てる矢内に向かって何度も頷いた。ゆっくりと手が離れていく。

監視カメラを顎でしゃくられ、ちょうど死角に位置する場所に立っているとわかる。

「どうして白衣なんか着て……ユ、ユウキは？　保護されたんですよね？　軍の無線で聞いたんですけど」

「ああ、心配するな。軍の人間が見つけたよ」

ホッと胸を撫で下ろした。ここに来て初めてかもしれない。

「だけど、どうして矢内さんがここにいるんですか？」

「黒瀬の野郎に頼まれたんだよ」

「頼まれた？」

「ああ。軍内部に『ＡＡｓＡ』の内通者がいるかもしれねぇからな。限られた人間だけで動いてる。俺は信用できる人間ってことらしい」

「そうだったんですか」

「極秘の任務だ。上司どころか警察の人間は一切知らない。俺ぁ有給使ってんだぞ？　ただでさえ休んでねぇってのに、なんでこんな任務のためにわざわざ有給消化しなきゃなんねぇんだ？　ブラックか？　やり甲斐搾取か？　ここで死んだら俺はどうなるんだよ？」

　思い出したように不満を零し始める矢内に、思わず笑った。

　話によると、軍は一部の精鋭をここに送り込んで突入する準備をしているらしい。矢内は偵察のために研究員のＩＤを使って先に侵入し、中の状況を待機している軍の人間に知らせているという。

「連中が欲しいのがお前さんだけじゃないと気づいた黒瀬は、発信器どころか追跡も一切なしで捕まったんだ。捨て身の作戦だよ。奴がこの施設内のパソコンからメールを送ったから、発信元を辿ってここに行き着いたってわけだ」

　メールと聞いてピンときた。あの時だ。パソコンにアクセスした。だけど、あれはたまたま二岡の隙をついてパソコンに近づけただけだ。無謀すぎる。

「まさか、そんな危険を冒すなんて」

「ここは要塞みたいなもんだ。そこへ踏み込むんだからな。こういうイレギュラーなやり方が効果的な時もある。理性的かと思えばとんだギャンブラーだよ、黒瀬の野郎は」

　にわかに信じられないが、思い返せば初めて五色が発情した時も軍への報告を怠って長い間屋敷で匿っていた。時折見せる無謀さ。ただのエリートじゃない。

　だけどそんな振る舞いこそが、黒瀬の本質という気がした。

「ここの敷地は広大だ。しかも、囚われたオメガが大勢いる。人質を取られているようなもんだ。そろそろ軍の精鋭が踏み込んでくる。犠牲を最小限にしろとのお達しだ」

簡単に言ってくれる。だが、二岡には散々な目に遭わされたのだ。必ず逃げてやる。

「そうだ、抑制剤を渡しておく。あと無線もな」

受け取ったケースには注射器とアンプルが五本入っていた。これでしばらくは動ける。

「そろそろ奴が仕掛ける頃だ」

矢内の言葉が合図になったかのように、警報が鳴り響いた。

施設の中は混乱していた。警報は火災報知器らしく、スプリンクラーが作動している場所があった。ずぶ濡れの研究員たちが慌てて出てくる。

白衣を着た五色と矢内は、彼らに紛れて動いた。矢内はオメガたちを逃がすべく誘導している。

「こっちだ！」

囚われたオメガの中には二岡たちの思想に染まっている者もいるが、助けを待っている者がほとんどだった。大勢のオメガが、一斉に出口を目指している。

銃を装備した軍の精鋭が施設内に侵入していた。しかし、せいぜい二十人といったところで、逆に施設を警備する『ＡＡｓＡ』のメンバーは次々と出てくる。

「矢内さんはここを頼みます。俺はカナタを捜しますから」

「別行動を取る気か？」

「カナタは俺の子です」

オメガたちは逃がしても、カナタだけは最後まで手放そうとしないだろう。貴重なサンプルとして連れていくはずだ。

そんなことはさせない。取り戻してみせる。

「それに玲のことも早く助けないと。大怪我してるんです。ここに連れてこられる前に銃で撃たれて」

「しょうがねぇなぁ。黒瀬に会ったら、こっちは予定どおりだと伝えろ。囚われたオメガを全員救出する」

「わかりました」

「予備の銃だ。持ってけ。少なくとも脅しにはなる。撃つ時はちゃんとセーフティを外せよ。あと引き金は軽いから、誤射しねぇように人差し指は撃つ直前にかけるんだ。こう……な、人差し指は銃身に沿わせとく。いいな」

頷き、ずっしりと重いそれを受け取る。

五色は人の流れに逆らって施設の奥へ向かった。内部にはまだ研究員が数名残っていて、データ転送などの処理を行っている。さぞ貴重なのだろう。

背後から忍び寄ると、銃把（グリップ）を後頭部に叩き込んで一人沈め、もう一人に銃口を向けた。

「動くな」

「――っ！」

「カナタの居場所は？」

「カ、カナタ？」

「SアルファとSオメガの子供だ」

子供の名前すら知らないなんて、本当にサンプル扱いなんだな……、と皮肉な笑みが漏れた。だが、これで手加減せずに済む。

「知らない。本当だ」

「俺の子だ。子供を護るためならあんた一人殺すくらいなんてことないんだ。あんたは自分の命と思想とどっちが大事だ？」

「ま、待ってくれ……っ」

黒瀬が捕まえた『AAsA』のメンバーは、取り調べの最中に服毒死をしたと聞いたが、全員がそれほどの覚悟を持っているとは限らないらしい。声が震えている。

もう一度言った。

「自分の命と思想とどっちが大事だ?」

「ほ、本当に知らないんだ……っ、多分でいいなら……」

「二岡が連れていってるんだろう?」

「そうだ。き、緊急時の脱出口がある」

「教えろ」

男は慌ててパソコンに近づくと、見取り図の画面を出した。

「今、ここだ。緊急時はこの通路を使う。ヘリポートに繋がっているんだ」

「本当だな」

「嘘じゃない！　信じてくれ。——ぐぅ……っ！」

鳩尾(みぞおち)を蹴り上げ、すぐさまヘリポートへ繋がる通路へ向かった。建物のあちこちで騒ぎが起きている。

黒瀬は今どこにいるんだろうか。

そう思った瞬間、軍服が目に入った。黒瀬だ。ドアのガラス越しに見える。飛びついた。

「——玲……っ！」

駄目だ。開かない。ガラスを叩くが、ビクともしなかった。

「玲っ、玲っ！」

黒瀬が五色の存在に気づいてこちらに来る。何か叫んでいるが、聞こえない。その表情は、危険を知らせようとしているものだ。そう気づいた瞬間――。

「ぐ……っ」

いきなり髪を摑まれて後ろに引き摺られた。銃を持った男だ。二岡の仲間だろう。叫ぶ黒瀬の姿は、男の向こうに消えた。

「は、放せ」

「手を煩わせやがって。仕方ない、抵抗するなら自由に動けないようにするまでだ」

馬乗りになられて、内膝に銃口を押しつけられる。撃たれる――覚悟をした瞬間、男の目が見開かれた。そのまま横に倒れる。

「――春っ！　無事か」

「玲っ」

抱きつき、抱き締め返される。顔を見せろとばかりに頰に手を添えられた。

黒瀬だ。会えた。やっと会えた。

その思いで胸がいっぱいで、言葉が出ない。どちらからともなく唇を寄せ、口づけを交わす。

「カナタが……っ」

「ああ、知ってる。二岡が連れていった」

「あいつはヘリポートから逃げるつもりだって研究員が」

「ここの見取り図は俺も見た。逃げるならそこだろう。矢内と会ったのか？」

「さっきまで一緒だった。こっちは予定どおりだって伝えろって言われた。ここに囚われているオメガは逃がすって。それからこれを渡された」

五色の銃を見て、ふと口許を緩める。

「貸せ。そんなんじゃ当たらない」

握り方を教わったはずだが、強く握り締めていたようですぐに手放すことはできなかった。手を取られ、指を一本ずつ外される。自分の手ではないみたいだった。

「無線は貰ったか？」

頷き、それも渡す。

「行くぞ」

黒瀬のあとに続いた。あと少しだ。この先にカナタがいる。そう思うと気持ちが急いた。足が絡まりそうになりながらも必死で追う。

しばらくすると、赤ん坊の泣き声が聞こえてきた。カナタだ。角を曲がったところで二岡の姿を捉える。

「――二岡ぁ！」黒瀬が叫んだ。

立ち止まった二岡はゆっくりと振り返り、銃口をこちらに向ける。

「春っ！」

「――っく！」

銃声を聞いた時は床の上だった。黒瀬が覆い被さっている。

「玲っ」

「俺は大丈夫だ。お前は？」

「ああ、平気だ。でもカナタが……っ」

角を曲がった先にカナタがいるというのに、出て行けない。少しでも姿を見せれば凶弾の餌食になるだろう。二岡は銃を構えて二人が出てくるのを待っている。

「逃げられると思ってるのか、二岡！」

「逃げてやるさ。切り札はここだ。お前たちは手も足も出ない。そうだろう？」

カナタの泣き声を聞いているだけで、胸が苦しくなった。連れていかれる。このままでは、二度と会えなくなるかもしれない。

「出てこい、黒瀬。お前の大事な子は俺の手の中だ」

「軍の応援が来てる。ここにヘリポートがあるのも知ってる。あと数分で軍のヘリが到着するぞ！」

「ハッ、そんな脅しに乗るか」

黒瀬が飛び出した。銃声。

「玲！」

無理だ。二岡のいるところまで長い廊下が続いていて、隠れる場所などない。格好の的だ。五色も続いたが、出番などなかった。

「二岡ぁ！」

銃声。パン、パン、パン、と立て続けに三発。間を空けてもう二発。

的を絞れないよう左右にステップを踏むように突進した黒瀬は、瞬きをする間に二岡を仰向けに取り押さえていた。

銃を握った腕を膝で押さえ込み、額に銃口を押し当てている。

「カナタ……ッ！」

駆け寄って大の字になった二岡の横に放り出されたカナタを拾い上げ、ギュッと抱き締める。火がついたように泣いているが、見た限り怪我はないようだ。安堵し、そのまま床にへたり込む。

「カナタ、……カナタ……ッ」

よかった。無事だった。無事に取り返した。

躰が震える。

「観念しろ、二岡」

「まさか我々をここまで追い詰めるなんてな。たいした男だよ。その傷でよくそれだけ動けたな」

ああ、そうだ。黒瀬は腹に傷を負っている。

軍服の下から血が染み出しているのが見えた。もう限界かもしれない。肩が上下しているのは、今走ったからだけではないらしい。

五色は二岡の手から銃を奪った。

「まだ……他にもいるぞ」

二岡は笑った。こんな状況でも、五色へ向ける目は獲物を見るそれだ。

「まだ他にも『ＡＡｓＡ』はいる。施設だって一つじゃない。ここが使えなくなれば、他の施設を使えばいい。資金を出してくれる人間は山ほどいる」

自分たちを特別だと思う人間が、いったいどれだけいるだろう。こうしている今も、アルファが支配する国を目指して活動しているはずだ。

二岡は五色を見て、あからさまな舌なめずりをした。

「上書きしてやれなくて残念だよ。もう少しだった。だが、逃れられない運命ってのがあるんだ。わかるだろう？」

二岡の言うとおりだ。オメガである以上、ついて回る。常に危険と隣り合わせだ。その事実はどうにもならず、反論できなかった。悔しさに奥歯を噛み締める。

その時だった。

「うぐ……っ！」

黒瀬が銃を置き、拳を二岡の顔面に叩き込んだ。

「――ぅぐっ、ぐっ、ぅご……っ、ぐ……っぷ」

馬乗りになったまま、何度も繰り返す。二岡の顔は赤く染まった。苦しげに呻いたかと思うと、血と一緒に白い欠片を吐き出す。歯だった。

黒瀬はハァ、ハァ、と肩で息をしている。

「な、殴っれ気が、晴れらか？　……らが、わらしを殴っれも事実は……変わららいぞ」

勝ち誇ったような顔の二岡に、冷たい声が注がれる。

「わかってるさ。だが、少なくともお前は二度と上書きできない」

「――っ！」

今度は黒瀬のほうが嗤う番だった。

そうだ。セックスの最中にオメガのうなじを噛んで番となる。Sアルファは他のアルファがつけた証しを上書きできるのだ。だが、入れ歯やインプラントはあくまでも作り物でしかない。自分の歯を失えば、二度と誰とも番うことはできないし、Sアルファといえど上書きも無理だろう。

「どういう気分だ。もとエリート」

オメガは優秀な子を産む以外、なんの役にも立たない人間だと散々言ってきた二岡が今、何を思っているのか――。

「こ、このくらいれ……わらしの価値は下がらない。Sアルファらぞ？　オメガを思いのまま発情させせられる」

「そうか？　本当に今までと同じようにいつでもオメガを発情させせられるのか？」

「……っ」

二岡の視線が五色に注がれた。ポケットに入れていた抑制剤に手を伸ばすが、変化は表れない。

「Sアルファは繊細なんだ。一つでも欠ければ、能力をすべて失う。知ってたか？」

「歯をらくしただけれ……っ、そんら……あり得らい……っ」

「お前の理論から言うと、役立たずは価値がないんだったな。どうだ？　自分が役立たずになった気分は。オメガは子を産めるが、お前は子を孕むことすらできない」

エリートからの転落。

その事実に二岡は青ざめていた。国家のため、思想のためと口にしていたが、自分にとって都合のいい正義があったからだ。その正義を掲げるエリートから自分が弾き出されても、まだ国家のためにと言えるだろうか。

「嘘ら……っ、嘘ら……っ」

「まともにしゃべれない奴が、エリート面するなよ」

「――っ！」

両手で口を押さえた二岡は、涙目になって黒瀬の下から這い出すと、「嘘ら、嘘ら」とつぶやきながら自分の歯を拾い集める。そして、それを大事そうに握り締めたあと逃げていった。追いかけようとしたが、二岡が消えたほうから足音がいくつも響いてくる。二岡の仲間だ。五色たちを捕まえろと命令する声が聞こえる。

「奴はほっとけ。ヘリポートへ行くぞ。ここは長く持たない。証拠隠滅のためにあちこち自爆させてやがる。ヘリポートに救助が来るはずだ。俺たちも逃げるぞ」

次の瞬間、どこかで大きな爆発音がした。

足元に血がたまっていた。

ゆらりと自分に覆い被さってくる黒瀬を抱き留めると、あまりの出血量に心臓に冷水を浴びせられた気分になった。二岡が銃を撃ってきた時、被弾したのかもしれない。

「玲っ、大丈夫か?」

黒瀬の動きがあまりにも俊敏で頭から抜け落ちていたが、ここに連れてこられる前にも銃弾を受け、応急処置程度のことしかしないまま動き回った。あの傷もまだ塞がっていないはずだ。

「見せてくれ！」

軍服の上着を開くと、中のシャツの大部分が赤く染まっていた。ああ……、と絶望にも似たため息を漏らし、黒瀬の体温が低いのに気づく。

「大丈夫だよ」

黒瀬は壁に背中をつけると、ずるずると床に座り込んだ。顔色が悪い。血が足りないのだろう。頬に触れ、意識がどの程度あるのか確認した。今にも気を失いそうで、再び立ち上がることなどできそうになかった。

だけどヘリポートまであと少しなのだ。この部屋を通り抜けて通路を行けば、突き当たりに階段があって屋上に出られる。ここまで来て、黒瀬を置いて逃げるなんてできない。

「くそ、あと……少し、だってのに……」

「肩を貸すから、頑張ってくれ」

「先に行け」

「――玲っ！」

「いいから……先に行け。時間を、稼ぐ」

五色は首を振った。

先に行けだなんて、そんなこと言わないでくれ。

ここで足止めをするのがどういうことか、わかっていた。自分を犠牲にだなんて、そんなことは許さない。何がなんでも一緒に逃げてみせる。助かってみせる。

「嫌だ」

「平気だ。必ず戻る」

「嫌だ、……絶対に嫌だ」

「カナタを連れていけ！　護れるのはお前だけだ！」

「……っ！」

腕に抱くカナタの重さが、温かさが、五色に残酷な決断を迫っていた。

一人なら、最後までともに足掻いただろう。けれども、ここに残ればカナタは奪われる。銃撃戦になれば流れ弾に当たって死ぬかもしれない。

カナタを確実に護るには、黒瀬を置いていくしかないのだ。

「玲。……玲……っ」

次々と溢れる涙が頬を濡らした。

「あのドアは、もうすぐ……突破される。だから行け」

覚悟を感じさせる言い方に、頷くしかなかった。

カナタだけじゃない。ユウキたちもいる。感情にまかせて行動すれば、子供たちは両親を一度に失うことになる。特にユウキたちはオメガだ。発情期を迎えた時に傍で支えてやりたい。

「お前を愛してるよ」

普段は滅多に口にしないのに、こんな時に「愛している」だなんて、これから死ぬ人間の台詞だ。

「馬鹿。なんで……っ、今、言うんだよ……」

言いながら、また先を越されたと自分の不甲斐なさを噛み締める。メグにアドバイスされ、自分からちゃんと伝えるんだと決めていたのに。

「愛してる、春。もっと言っておけばよかった」

「これから言えばいいだろ」

「そうだな。言うよ。帰ったら……今まで、言わなかったぶん、言う」

息が苦しそうだった。

「先に、行け。お前が生きてないと、……言えない、だろう？　だから……」

「わかった。先に行くから……カナタを連れて先に逃げるから、絶対に戻ってきてくれ」

「……ああ、約束する」

「子供たちも待ってる」

「そうだな。必ず……帰る、必ず」

「んっ」

自ら口づけ、言いたい言葉を呑み込んだ——愛してる。

これが最後の触れ合いにならないように。これが最後の会話にならないように。

「約束破ったら、ぶん殴るからな……っ」

それだけ叫び、五色は通路に続くドアに向かって走り出した。

お願いだから、戻ってくれ。こんなところで死なないでくれ。愛していると、ちゃんと言わせてくれ。

抱き締めるカナタの声が耳に届いて、どうしようもなく胸が苦しくなる。

「カナタ……ッ、泣くな、カナタ……、もうすぐ、助かるからな」

泣いているのは五色のほうだった。カナタは黒瀬を見ながら、まだ言葉になっていない声を発しているだけだ。

鼻がツンとして、視界が揺れる。心を黒瀬に残して、ただヘリポートを目指した。

屋上に向かう階段まで来ると、一度だけ振り返った。だが、黒瀬の姿はドアの向こうに消えていて見えない。わかっているのに見ずにはいられない自分を叱咤し、後ろ髪を引かれる思いで階段を上っていった。ヘリポートへ出るドアに辿り着く。

そこでも振り返ったが、黒瀬が追ってくる気配はなかった。ＩＤを読ませると、ドアは僅かに開いただけで動かなくなる。

「くそ……っ」

五色はカナタを床に寝かせ、全身を使ってこじ開けた。先にカナタを外に出し、自分もなんとか這い出す。

ヘリコプターが一機停めてあった。中に人はいない。

真っ暗な空は、月どころか星すら見えなかった。湿った空気からどんよりと分厚い雲が空を覆っていると想像できる。一雨きそうだ。敷地は広く、似たような建物がいくつも建っているのがかろうじてわかるだけで、闇の中では敷地の外に何があるのかわからない。

その時、上空からプロペラ音が聞こえてきた。

屋上の隅に避難し、それが着陸するのを待つ。二岡の手下の可能性を疑ったが、どちらにしろ逃げ場はない。中から出てきた若い軍人に姿を見せる。

「対象を発見しました。保護します！」

無線で伝えたあと、五色に駆け寄ってくる。

「五色春さんですね」

「玲が……っ、黒瀬が中にいるんです！」

「わかってます。このヘリはあなたを救出するために出されたものです。まず、あなたとお子さんを保護しろと命令されています」

てっきり武装した軍人が何人も乗り込んでいるかと思っていたが、降りてきた男と操縦士以外乗っていなかった。そもそもそう何人も乗れる大きさではない。

「応援はっ？」

「あとで来ます。まずはあなたの安全を……」

黙っていたなと、唇をきつく噛む。だが、恨みごとを言う相手はここにはいない。

戻りたかったが、カナタがいる以上救助ヘリに乗るしかなかった。男に従い、後部座席に座ってベルトで躰を固定する。

カナタを抱き締め、離陸するのを黙って見ていた。

施設がどんどん小さくなる。

『必ず……帰る、必ず』

黒瀬の言葉が頭の中で何度もリフレインした。死んだら許さない。

施設のあちこちで爆発が起きているのが見える。

「玲……、玲……っ」

祈ることしかできず、何度も愛する人の名前を繰り返した。そして、施設のほうからひときわ大きな爆発音が響いてくる。

「……っく！」

衝撃。

ガクン、と振動を感じるのと同時に機体が激しく揺れ始めた。

爆風の影響か、何か飛んできて当たったのか——。

操縦士が必死で立て直そうとしているが、機体は回転しながら落下していた。外に弾き出されそうだ。カナタをしっかりと抱き締める。

「カナタ……っ」

黒瀬が戻った時、自分とカナタがいなければどれほど悲しむだろう。あれほどの危険を犯し、命をかけて救出したのに、二人が死んだ知らせなんて聞かせたくない。

だが、今は運命に身を委ねるしかなかった。

赤ん坊の泣き声が聞こえていた。

五色が気がついた時は、森の中にいた。顔に雨が落ちてくる。施設からさほど離れていないのか、焦げ臭い匂いがした。

「カ、カナタ……」

かろうじて声は出た。躰は動かず、泣き声が聞こえるほうに顔を向ける。我ながら油の切れた機械のような動きだ。

見覚えのある布が目に入った。あれだ。カナタの躰を包んでいたおくるみだ。

手を伸ばそうとした。駄目だ。動かない。全身に力が入らない。

このままでは躰が冷える。カナタは赤ん坊だ。自分より先に低体温症になるかもしれない。早く、雨に濡れるカナタを護らなければ。

ヘリコプターの残骸から、無線の声が漏れ出ていた。

操縦士は？　あの若い軍人は？

いる。呻き声が聞こえている。少なくとも一人は生きている。

声を出そうとした。駄目だった。呻き声しか出ない。

さらに雨が激しくなってきた。カナタの泣き声。ああ、カナタの躰が冷えてしまう。カナタが死んでしまう。

何度も動こうとして、そのたびに自分が動けないことを痛感した。意識ははっきりとあるのに、もどかしくてならない。

だが、遠くのほうで人の気配がした。

「こっちだ！」

数人の足音が聞こえてくる。自分は拉致されるのか保護されるのか、気持ちだけ身構えていると軍人の姿が目に入った。さらに、見慣れた男の姿も。

「おい、しっかりしろ！　いたぞ！　ここだ！　早く来てくれ！」

「……矢、内さん」

別行動を取ったが、上手く脱出できたらしい。顔は煤で黒く汚れているが、大きな怪我はないようだ。ピンピンしている。

「カ……ナタ、は……？」

「無事だ。元気に泣いてやがる。今救助班に連れていって診てもらうからな。お前が護ったんだぞ」

よかった。

安堵するあまり力が抜けた。このまま気を失いそうだ。だが、もう一つ確かめたいことがある。

「玲、は……？」

聞き取れなかったのか、一瞬の間があったが、もう一度聞くと矢内は安心しろとばかりに五色の目を見てしっかりと頷く。

「ああ、奴も無事だ。無事に脱出したよ」

「どこ……？」

「先に病院に向かった」

「さき、に……？」

「そうだ。念のため検査受けねぇとな」

「検、査？」

あれほどの怪我を負っていたのに、検査より手術が先じゃないのか――その疑問を口にしたかったが、遮られる。

「お前さんも連れていってやるからな。痛いところはないか？　今運び出すから、気をしっかり持て。いいな。黒瀬は無事だ。無事に生きてるぞ」

無事だと何度も繰り返す矢内が、やけに優しく感じた。長いつき合いだが、かつてこんなふうに気遣われたことがあっただろうか。

どうしてそんな顔をするんだと聞きたかったが、聞くのが怖かった。

「そ……です、か……、無事……なん、ですね……」

それだけ言い、目を閉じる。

雨が冷たかった。

5

屋敷に戻ってきた五色は、子供たちと庭で遊んでいた。笑い声が空に響く。イタズラ盛りの子供たちは元気に飛び跳ねていて、誰一人五色の言うことを聞こうとしない。そろそろ水分を摂らせる時間だが、集めるのも一苦労だ。

「こらーっ、お前ら集まれ」

大声で呼ぶと、鬼ごっこが始まった。鬼はもちろん五色だ。笑いながら軽くため息をつき、一気に走り出す。

「こら、おてんば娘！　捕まえたぞ！」

キャーッ、と楽しげな声が空に響いた。メグのツインテールをギュッと握ってお茶を飲むよう言い、すぐ近くのアルとタキを捕まえて両手に抱えた。荷物を運ぶようにしてレジャーシートを敷いた場所まで戻り、座らせる。カナタがマルオとヨウにべろべろばぁをされてキャッキャと笑っていた。残りはユウキだ。

どこかと捜すと、木の上に立っていた。片手を腰にやって胸を張っている。

「ユウキ、何してんだ？　落ちるぞ！」

「ぜんぽうにてきはっけん。――とお！」

ジャンプするジェスチャーをしたあと慎重に下りてきて、五色の前に立った。

「でたな、おひるねかいじん。おれはおひるねはしないぞ！」

指を揃えて構えるユウキにつき合い、五色も仁王立ちしてやる。

「はっはっはっはっは！　観念しろ！　お前は眠くなる。ママのおにぎりを食べたら眠くなるのだ！」

「おれはぜったいにねないぞ！」

「鮭のおにぎりは好きか？」

「すき！」

「食べるか？」

「たべる！」

五色は悪の組織のリーダーさながらに、芝居じみた動きで踵を返すと走り出した。ユウキが悪党を追いかけてくるのを見ながら、しめしめとほくそ笑む。

「来い！　寝ない子仮面！」

「まて！　おひるねかいじん！　とぉっ！」

ようやくユウキを連れて戻ると、一回戦ったあと弁当を広げた。庭でピクニックだなんて贅沢だ。早起きして弁当を作った甲斐がある。

「はやく、ユウキ！　おなかすいたよぅ」

マルオの訴えに、ユウキは靴を脱いでレジャーシートに座った。

「お前ら、手はちゃんと拭いたか？」

全員から「ふいたー」と元気な声が返ってくる。「いただきます」と声を揃えた。

おにぎりとサンドイッチ。ナポリタンもある。メニューに統一感はないが、子供たちが好きなものをできるだけつめ込んだ。

「ぼく、おにぎりから食べる！　ヨウは？」

「マルオくんとおなじがいい。あのね……はんぶんしよう」

「うん！」

おにぎりは鮭とおかかとツナマヨネーズ。三種類あるが、ヨウは全部食べられない。そこでマルオの出番だ。ヨウは半分こにした鮭とおかかを両手に持って「うふふ」とマルオと顔を見合わせている。

「サンドイッチもおいしい。あのね、メグはイチゴのはいったのがいい」

「それはデザートだろ。先にこっちのを食べてからだ」

「じゃあハムとチーズのにする」

「ミートボールもおいしいよねー？」

「からあげもあるぞ、タキ。ソーセージもな。あとちゃんと野菜も食べなきゃ駄目だぞ。カリフラワーがあるだろ。カレー味にしたから美味しいぞ。アル、カレー味好きだろ？」

「うん、だいすき！　ママのカリフラワーだいすき」

「おれはおにぎりたべてせいぎのみかたになーる！　とぉっ！」

「こらーっ、ユウキ！　座って食べろ！」

バスタオル仕立てのマントを靡かせながら、ユウキがおにぎり片手に駆けていった。わんぱく小僧に「まいっか」とため息をつき、カナタの離乳食を器にあける。

「カナタもはやくおにぎりたべられるようになるといいね」

「ああ、みんなで喰うと旨いからな」

「ねぇ、メグもカナタにたべさせたい」

「いいぞ」

器とスプーンを渡すと、目をキラキラさせる。「あーん」と言いながらカナタの口にそっとスプーンを運ぶメグを見て、優しい子だと誰彼構わず自慢したくなった。

「あっ、メグがカナタのママになってるぞ！」

ユウキが戻ってきて、バスケットを覗き込んだ。カボチャのスープをスプーンで運ばれ、美味しそうにあむあむと口を動かしている。

「カナタかわいい！　たべてくれた！」

「そうだな。メグはいいお姉さんになるな」

「うん！」

「おれはおれは？　おれもいいにいちゃんになれる？　おれもたべさせられるよ！」

「だめ。ユウキはあっちでいろいろさわってきたでしょ。ちゃんとてをふいてからよ」

「メグはいちいちうるさいな。おれはカナタがはしれるようになったら、いっしょにせかいのへいわをまもるんだ！」

絵に描いたような平和な時間に、五色は始終笑顔だった。これ以上ない素晴らしい家族。小さな笑顔が七つ並んでいる。ずっとこの笑顔を護りたい。

弁当を平らげると全員で後片づけをして、屋敷に戻った。

散々走り回ったからか、あれほど寝ないと言っていた寝ない子仮面は一番に睡魔に連れていかれる。ユウキのスイッチが切れると、釣られるように次々と子供たちの瞼が落ちた。カナタの寝つきがいいのも、きっとみんなの安らかな寝息のおかげだ。

しばらく子供たちの寝顔を見たあと、そろそろ来客の時間だと子供部屋を出てキッチンで片づけを始める。終わった頃に、武田が屋敷を訪れた。

「先生、こんにちは」

「元気そうじゃな」

「ええ、滅茶苦茶元気です。座ってください」

リビングのソファーに促し、何か飲むかと聞くと紅茶がいいと言うので買ったばかりのダージリンを開けた。ふわりと香りが広がる。武田のもとで働いていた時は、休憩時間や仕事終わりはこうして一緒にくつろいだなと懐かしくなる。

「どうぞ」

「おお、いい茶葉使っておるな。香りが違う」

「先生のために贅沢なのを買っておきましたから」

「そりゃありがたい」

武田の前に座ろうとした時、荷物が届いたと使用人がドアの外にそれを置いていく。少し間を空けて取りに行った。

「今日はどこに飾るかな」

廊下に置かれていたのはグリーンのバラが一輪だ。それを持って戻る。

「ユウキたちは元気か？」

「ええ、もう大変で……。さっきまで駆け回っていたから、しばらく起きてきません」

子供たちに人気の白いじーちゃんは、今日は大事な話があるからとわざと昼寝の時間を狙ってきたのだった。

「まだ、見つからんか」

「はい」

バラの匂いを嗅ぎながら、口許を緩めた。

黒瀬が行方不明になる前から続いていたプレゼント。きっかけは何かわからないが、黒瀬が仕事で留守がちになった頃からそれは始まった。

帰ってくる時は直接持ってきて、帰りが遅い時や戻れない時にはこうして届けられる。

おそらく以前の契約がそのままなのだろう。黒瀬の行方がわからなくなってからも、バラは毎日届く。

黒瀬が生きている証しのように……。

「矢内がお前さんに『悪かった』と伝えてくれと言っていたよ」

「ああ、あの大ボラ吹きのおっさんでしょ」

思い出して、目を細める。一度は恨みたい気持ちになったが、あれは矢内の優しさだ。

わかっていても、受け入れがたい現実に心が壊れそうだった五色は、自分への思い遣りを踏みつけ、なじったのだった。


五色の乗ったヘリコプターが墜落したのは、深い山中だった。

操縦士が最後まで諦めなかったのが幸いしたのか、機体は生い茂った木々をクッションにして衝撃は最小限に留まった。とは言っても、墜落には変わりない。操縦士は重傷を負い、一緒に搭乗していた軍人も一時は重体。五色も腕を骨折し、肋骨にもヒビが入る大怪我を負ったが、カナタだけはほぼ無傷で済んだ。

　事故後三十分は雨に打たれていたらしい。それでも軍の捜索班は優秀で、難しい山中での救助を成功させた。死人が一人も出なかったのは、運のよさだけではないだろう。

「大丈夫か？」

　病院で目覚めた時、五色の目に飛び込んできたのは矢内の心配そうな顔だった。

　身を起こそうとしたが、肋骨が軋むようで顔をしかめる。それでも確かめたくて、なんとか体勢を変えてベッドに座る。

「おいおい、そのまま寝てろ。腕だけじゃない、肋骨にもヒビが入ってるんだぞ」

「玲は？」

　挑むような目をしていただろう。実際、五色は矢内に挑んでいた。黒瀬が無事なら会わせろと。事故現場で言ったのが本当のことなら、証拠を見せろと。

　だが、そんな五色に対する矢内の反応は期待とは違っていた。

「……五色ちゃん」

　申し訳なさそうな顔をする矢内を前にし、ジワジワと絶望が心を侵食していくのを感じた。

　そんな顔は見たくない。深刻な顔なんかして欲しくない。「ほらみろ、お前さんは心配性なんだよ」と揶揄しながら黒瀬を連れてきて欲しい。

「ねぇ、生きてるって言ったでしょう？　言いましたよね？」

手を伸ばし、腕を摑む。力が入らないが、それでも矢内はその手を振りほどこうとしなかった。

「生きてるんですよね？　脱出できたんですよね？」

顔をしかめたまま言葉を発することができないでいる姿に、黒瀬が病院に運ばれたと言ったのは嘘だと悟った。この男は相当悪いことでも起きないと、こんな深刻な顔は見せない。

「奴は行方不明だ。爆発した施設から脱出した形跡がない」

「……ははっ、嘘ですよね。やめてくださいよ、そんな……冗談は、ほどほどに……」

「すまん」

「……っ！」

「本当にすまん。あれは嘘だ。事故現場でお前さんの怪我の状態がわからなくて、少しでも安心させようと、嘘をついた」

肺にたまった空気を押し出したいが、思うように呼吸ができない。頭がガンガンし、耳の後ろで血管がドクドクと音を立てている。

「頼むから……っ、タチの悪いイタズラだと言ってください……っ！」

「おい、動くな。まだ怪我が……」

「だって……言ったじゃないですか……っ、無事だって。病院に行ったって……。なんで……っ、そんな嘘……」

「すまん」

「今さら、嘘だったなんて……そんな……っ、そんなの……っ、受け入れられる、わけ……っ、――ないじゃないですか……っ！」

泣いても叫んでも、現実が変わるわけではないのに、そうせずにはいられなかった。誰かを責めることで少しでも悲しみを抑えられるとでもいうのか。

「矢内さん……っ」

ヒュウ、と喉が鳴った。耳の後ろが痛い。

「嘘つき……っ、――嘘つき……っ！」

ろくに力の入らない手で、五色は矢内の胸倉を摑んで何度も揺さぶった。

「矢内さんには悪いことをしました。謝るのは俺のほうです」

事故現場での違和感――矢内がやけに優しく感じたのは、気のせいではなかった。黒瀬が行方不明なのを隠し、安心させようとする気持ちが声に表れていたのだろう。

バレバレだ……、と笑い、そんな嘘でも信じた自分を――信じたかった自分を嗤う。

あれから半年。現実を受け入れて笑うこともできるようになったのは、子供たちがいたからだ。護りたい存在が五色を強くした。

「施設の捜索はほぼ終わったそうです」

「そうか」

武田はどんな言葉をかけていいかわからないといった顔をしている。そんなふうに気遣われると、ますますこの状況が悪いもののように思えてくる。

「死体は見つかってません。だから死んだと決まったわけじゃないです」

「そうじゃな」

強がりだとわかっていた。施設のあちこちで爆破が起きたため、発見された身元不明の死体は多い。DNAで照合しているが、まだ半分も終わっていない。

黒瀬のDNAと一致したという連絡がこないことを祈る毎日は、決して楽ではなかった。時々、どうしようもなく苦しい時がある。特に子供たちが寝静まって一人になると、叫び出したくなる。

怖いのか、悲しいのか、自分でもよくわからない。ただ、感情が渦を巻いて暴れているのだ。それを押し殺し、翌朝には笑顔で子供たちと接する。

限界だと何度思っただろう。

だけど、まだまともだ。まともに生きている。多分、この先も生きられる。

「軍の中にいる『ＡＡｓＡ』の内通者はあらかたわかったんじゃろう?」

「ええ、でも油断はできません。『AAsA』は思想そのものでもあるから、どこに隠れているか本当のところはわからないですから」

「確かにな」

今回の事件のおかげで大勢のオメガが保護された。

外部機関の人間と二岡が入れ替わっていた件も、早急にことを運んだせいだと慎重論が広がり、五色は再び軍の管理下に置かれることとなった。黒瀬を中心に編成されていたチームが五色たちの安全を護っている。

けれども、それも長くは続かないだろう。また別の機関が出てくるかもしれない。そして、いつまでも囲われるような生活を続けるのも現実的ではなかった。

「まだまだ解決せねばならん問題は山ほどあるな」

「ええ、長い目で見ないと息がつまります。少しずつ、俺たちオメガが住みやすい世界を作っていくしかありません。隠れてばかりもいられないし、あいつらを外の世界に連れ出して、普通に生きていけるようにしてやらなきゃ」

静かな覚悟だった。

オメガとして生まれたユウキたちの傍にいてずっと護ってやれたらいいが、それは不可能だ。社会性を養うには人の中に入っていき、多くの人と交流を持たなければならない。

発情期が来れば、きっと苦しむだろう。つらい思いもたくさんするはずだ。

けれども、背負わされたものに負けない心を育ててやることで、子供たちの未来に少しでも希望の火を灯してやりたい。

「わしもいる。困った時はなんでも言ってくれ。遠慮するなよ」

「ええ、だからこうして来てもらってるんですよ」

「来週は早めに来るからな」

「お願いします。でも本当にカナタも任せていいんですか？」

「連れていってても、お前さんが検査の間は相手できんじゃろ。軍人に預けるより、屋敷に置いていったほうがいい。シッターはいつもの人がくるんじゃろう？」

「ええ、もちろんです」

「だったら問題ない。しかし、お前さんも忙しいな」

五色は、軍の施設で様々な検査を受ける予定だった。治験のようなことも含まれていて、来週は子供たちをベビーシッターに預けて軍の病院へ一晩入院する。その間は武田が屋敷に来てシッターとともに子供たちの面倒を見てくれることになっていた。安心して屋敷を空けられる。

せめて子供たちが大きくなった時、今より少しでも住みやすい世界になっているといい。

それは、かつて黒瀬が五色に対して言った言葉だ。

『お前が少しでも楽に生きられるなら、それに越したことはない』

五色が発情した時、アルファの忌避剤として使えるかもしれないと渡されたスプレー。今も持っている。

結局、あれがどの程度効果があるか不明なままだが、心の支えにはなっていた。

「あ、しろいおじいちゃん」

ねむけまなこのヨウが、ドアの隙間から覗いていた。後ろにはメグやマルオもいる。

こんにちは、いらっしゃい。

五色が教えた挨拶を口にする三人に、武田は目を細める。すっかり孫を見る目だ。

「こんにちは。ヨウ、メグ、マルオ。上手に挨拶できるようになったもんじゃのう」

メグが五色が持っているバラに気づいて駆け寄ってきた。

「あっ、パパからのプレゼントだ。花嫁さんが持ってるブーケのバラみたい」

バラを差し出すと、鼻を近づけて思いきり息を吸い込む。いい匂いがする、と言うとマルオとヨウも仲良く匂いを嗅ぐ。

「ユウキたちは?」

「まだねてた」

「アルとタキもか?」

「うんとね、タキはおきたけど、アルがおきないからまたねちゃった」

「ママ、はやくパパがかえってくるといいね」

マルオの何気ない言葉に、黒瀬の不在を強く実感した。

「ああ、そうだな」

「パパがかえってきたら、またみんなでピクニックしよう！」

帰ってきたら。

子供たちの純粋な期待に胸が締めつけられた。

黒瀬が帰ってきたら――。

一生叶わぬ願いだとどこかで感じている自分に気づき、心が痛む。この痛みが消える時は、来るのだろうか……。

一週間後、武田とベビーシッターに子供たちを任せた五色は、屋敷を出て軍の施設に向かっていた。長い一日になるぞと覚悟を決め、黙って運ばれる。

相変わらず天気はよく、このまま黒瀬のいない生活が日常になっていくのかという思いが、ふと脳裏をよぎった。軍服が視界に入っているからかもしれない。

なぜ、ハンドルを握る若い軍人が黒瀬ではないのだろう。言っても仕方のないことを口にしたくなるのは、まだ無理をしているからだろうか。

「車酔いなどされてないですか?」

「ええ、平気です」

ずっと黙り込んでいるからか、気を使わせたようだ。顔色もあまりよくないのかもしれない。一人で子供たちを世話している。

肉体的疲労ではない。精神的なものだ。

子供たちが独り立ちできるようサポートし、自分の手を離れるまで護らなければならない。その責任をどうやって果たそうか、ずっと考えている。

日頃の疲れがたまっていたのか、途中うとうとし、気がつけば軍の施設内だった。この先に研究機関があり、五色はそこで検査を受ける予定だ。

黒瀬も研究に協力していた。少しでも五色が生きやすいようにと、忌避剤の試薬を持ってきたのが、つい昨日のことのように思えてくる。

「ここに、玲も来てたんですね」

「え……?」

「ああ、すみません。なんでもないです」

黒瀬が立ち寄っていたというだけで、なぜかそわそわした。確かに半年前、黒瀬はここにいたのだ。時間を遡ってこの場所に降り立てば会えるだろう。

考えても無意味なことが脳裏をよぎり、嗤った。

何が時間を遡って、だ。

「どうぞ、こちらです」

案内され、建物の中に入っていく。

建物の外観は一般の病院とそう変わらなかった。中も似たようなものだ。ただし、普通の病院と違って患者の姿がほとんどない。待合室は閑散としている。

ホールを横切り、エレベーターに乗ると最上階まで運ばれ、再び廊下を歩いて部屋へと案内された。

「少しお待ちください」

一礼し、若い軍人は部屋を出て行く。

窓の外には中庭が広がっていた。普通の病院なら入院患者や看護師の姿が見られただろうが、閑散としている。花壇は色とりどりの花で埋め尽くされているが、観賞する人がいないところでは、どこか寂しげにも見えた。

五色はぼんやりと外の景色を眺めていた。めまぐるしく過ぎる日常とは違う時間の流れに、身を任せた。

ゆらゆら、ゆらゆらと、何もせず漂う。脳裏に浮かぶのは、黒瀬の姿だけだ。

生きていてくれ。

ふいに迫り上がる強烈な想いに、眉根を寄せた。目頭が熱くなる。

把握している事実を並べ、叶わぬ願いだと何度も痛感してきた。生きている可能性などほとんどない。それなのに、まだ希望を捨てきれない。

強く願うほどに自分を追いつめるとわかっているのに、日が経つにつれて望みは大きくなる。抑えきれない想いに、苦しさは増す一方だ。

五色は窓に額をコツンと当てた。

「どこに……いるんだ」

零れたのは、言葉だけではなかった。頬を濡らすそれを手の甲で拭う。

死んだ証拠を目の前に突きつけられないと、諦めきれない。心に区切りをつけられない。

せめて死体でも出てくれれば……。

いつになく弱気なことを考える。

その時、ドクン、と心臓が大きく跳ねた。鳥肌が立ち、思わず自分の躰を抱き締める。

「なん、だ……?」

これは、発情だ。

そう自覚した途端、急速に体温が上がるのを感じた。足が震え、甘いため息が出る。眉根を寄せて原因を探す。

まさかここにも、『AAsA』の残党が——Sアルファが紛れ込んでいるのか。

二岡の死体はまだ見つかっていない。

「――はぁ……っ」

立ち上がり、ヨロヨロとドアに向かった。廊下には誰もいない。

そして、気づいたことがある。この発情は、街中で無理矢理それを促された時とは違った。あの時感じたのは、邪悪なものだ。嫌な感じがした。

だが、今は違う。自然に湧き上がってくる。強烈に作用してくるが、まるでブロックの凹凸がぴったりと合うように違和感がない。むしろ心地いいくらいで、五色は己の発情に身を任せたくなった。

「玲……っ」

無意識に出た言葉は、五色に確信を抱かせた。

これは、黒瀬のフェロモンだ。きっとそうだ。

はぁ、と熱い吐息を漏らしながら、黒瀬を捜した。思い過ごしかもしれない。もしかしたら、半年以上前に来た黒瀬の痕跡がこんな反応を促しているのかもしれない。

だが、言葉で説明できない何かが、ここに黒瀬がいると五色に確信を抱かせた。

「玲……っ、――玲っ！」

自分はどこかおかしくなってしまったのか。黒瀬恋しさに心が壊れて正気を失っているだけなのか。

何度も自問しながら強烈な引力に導かれて足を動かす。

右。あの角の向こうに黒瀬が――。

「春っ」

「！」

聞こえた。黒瀬の声だ。

「春……っ」

「玲……、どこ、だ……？　どこ……っ」

これ以上歩けないと膝をついたのと同時に、軍服が目に飛び込んできた。視界に入るブーツのつま先。顔を上げるまでもなく、頬に手を添えられ上を向かされる。目が合った。

「こんなところで発情するやつがあるか……っ」

黒瀬だ。

間違いなく、黒瀬だった。

目の前にいるのが信じられなくて、けれども躰が起こす激しい反応は黒瀬によるものでしかない。初めて発情した時と同じだ。黒瀬の存在にそれまで眠っていたSオメガの血が目覚めた。あの時と同じ躰の変化を感じられることに、喜びが溢れてくる。

「……生き、て……」

縋(すが)りつくように手を伸ばし、軍服を摑んだ。

「生きて……っ、……はぁ……、……本当に、生きて……」

「ああ」

確かに黒瀬の声だ。黒瀬の匂いだ。黒瀬の体温だ。しっかりと抱きつく。

「二時間ください」

誰かに連絡しているのか、そんな声が聞こえた。

二時間。

まさか許可を貰ったとでもいうのか。恋人とセックスするから待ってくれと、上司に断ったとでもいうのか。

たまらなく恥ずかしい。これでは動物だ。

けれどもこの状況で抑制剤を打たなかったのは、黒瀬もまた自分と同じ想いだという証拠だ。その存在をいやというほど、味わいたい。

「どう、して……」

カードキイで開けた扉の向こうには、誰もいなかった。

壁沿いに薬品棚のようなものが設置されていて、三席ずつ机が向かい合う形で並んでいてそれぞれパソコンなどが置かれてある。

こんなところで。

理性がそう訴えるが、頭の中の声を無視して五色は性急な手つきで黒瀬の軍服を剝ぎ取っていた。黒瀬もまた、五色が欲しいとばかりに、服の上から尻を力強く摑んでくる。耳に注がれる熱い吐息は、理性を手放しつつある黒瀬を如実に語っていた。

獰猛な獣の息遣い。

激しく求められていると感じるにつけ、黒瀬が欲しくなる。

「お願い、だ……、何か……言って、くれ……」

「春……っ、……会いたかった」

「本当に……、本当に……？」

「ああ、現実だよ。極秘、任務だった。だから……っ、俺は、行方不明、扱いに……」

「――ぁあ……っ！」

喉笛に歯を立てられ、ゾクゾクッと甘い戦慄が走る。

事情はある程度呑み込めた。

どこに潜んでいるかわからない敵を前に、当然の措置かもしれない。あの状況を利用すれば、有利に物事を進められると判断したのだろう。せめて自分にだけは生きていると教えてくれたっていいじゃないかと不満を零すところだが、そんな余裕すらない。

生きていたのならそれでいい。文句はあとだ。

「玲っ、……れい……っ」

黒瀬の長い不在を埋めるように、五色はただ求めることしかできなかった。

ひとたび理性を手放すと、濁流に流されるように本能に連れていかれた。

あちこちにぶつかりながら部屋の奥へと入っていき、互いが身につけているものを剝ぎ取っていく。机に阻まれて止まった。

片手をつき、もう一方の腕を黒瀬の首に回して自分を貪る男の後頭部に手を遣る。指の間に髪が触れ、愛撫されているようだった。

ここがこれほど感じるだなんて……。

驚きの中、耳の後ろに落とされたキスに、五色は自分の躰がいつもより敏感になっていることに気づいた。黒瀬が触れる場所が、次々と熱を帯びていく。

「はぁ……っ、……ぁ……あ」

唇は耳の後ろから首筋へと移動し、弱い部分を這い回って五色を翻弄した。ゴクリと喉を鳴らすと喉仏に軽く歯を当てられる。

「あぁ……ぁ、ぁあ……っく、……んあぁぁ……」

黒瀬の頭を抱え、もっとしてくれと訴えた。すると、今度は鎖骨を強く噛まれる。

「――ぁ……っ！」

痛みと快楽が同時に襲ってきて、下半身が疼いた。腰をくねらせてしまいそうになるのを堪えるが、もどかしくてつらい。

「春……っ」

切羽つまった声に促され、机に置いていたもう片方の手を黒瀬の背中に回し、湧き上がる熱情のまま強く抱き締めた。弾みで机の上のものが床に散乱すると、黒瀬は邪魔そうに残りをすべて手で払って床に落とす。

その上に座らされ、あっという間に下半身に着けているものをすべて剝ぎ取られる。乱暴なやり方は、五色を興奮させた。開襟シャツの裾が中心をギリギリ隠すくらいの長さというのもいけない。

身動き一つで、欲望の証しがチラリと顔を覗かせるのが無性に恥ずかしい。

「玲……っ、……はや、く……、……ぅん……っ、んんっ」

見つめ合い、互いに激しく求め合う。

これほど憎らしく、いとおしい相手がいただろうか。二度と会えないと肚を括っていたのに、突然現れるなんて。それまでの覚悟も何もかも、嵐のように吹き飛ばしてしまう。

生きていたなんて。ずるい。

涙が溢れる。

「ぁ……っ！」

唇を甘噛みされ、躰が跳ねた。あまりにもわかりやすい反応に満足したのか、黒瀬は再び優しくついばんでくる。仕返しに噛んでやった。するとさらに深く口づけられて、舌の根が痛くなるほど吸われる。

「ぅん……、んんっ、ん、……んぁ……」

キスの合間にも、黒瀬を瞳に映していたくて目を開けた。

「俺を……待ってたか？」

「ああ、待って、たよ……、ずっと……待ってた……っ、ぅん、……んぅ、……」

「どう、して……欲しい……？」

「触って、くれ……」

熱い手のひらがシャツの下に忍び込んできて、脇腹を撫でられる。はぁ、と唇の間から信じられないほど甘い吐息が漏れた。

「また……痩せたな」

「……ちゃんと……喰ってるよ」

「そうか？」

「筋肉は……ついて、る、……だろ……、……ぁ……あっ！」

手はいたずらに弱い部分を刺激して、声を押し殺す五色の努力を無駄にする。触れられた場所から次々と発熱していく躰は、本人の意志の届かぬところへ連れていかれていた。

「お前を壊さない、自信がない……、……はぁ……っ」

「そ……簡単、に……、……っく、壊れる、かよ……、……ぁあ……ぁ……」

後ろはすでにびしょびしょに濡れていた。

それを確かめられる恥ずかしさといったら……。

黒瀬の長い指で蕾を探られ、自分が限界だと知る。額と額をつき合わせ、目を合わせたまま、ジワリと中に指を埋め込まれた。眉をひそめながら唇を開く。

「……はぁ……、……ぁ……っく、……ッふ」

目を閉じて黒瀬の指を味わったが、凝視されているのがわかる。五色の反応を愉しむよう、指は五色の奥へ掻き分けて入ってきた。

ゆっくりと、もどかしいほど優しく。

「はぁ……、ぁ……あ……、……っく、……ぅ……ん、……ぁ……あ」

どこが気持ちいいのか、すべて把握されているのだろう。長い指は何ヶ月も放っておかれた躰を暴いてみせる。放置され深い眠りに落ちていた獣は、いとも簡単に目覚めて欲望の赤い舌を覗かせる。

「ぁあ、ぁ……」

徐々に躰が暴走を始めるのがわかった。足りない、足りない、と強く訴えている。

「玲……っ」

たまらず、乞うた。

発情状態にあるはずの黒瀬がなぜこんなに冷静なのだと恨めしくなる。しかし、再び目を開けた五色の瞳に映ったのは、ギリギリのところで自分を抑えている、思いつめた黒瀬の姿だった。

あまりに切実に見つめてくるものだから、思わず息を呑む。

「俺の努力を……台無しに、するつもりか……」

目を合わせたまま前をくつろげる黒瀬の仕草が、やけに色っぽく感じた。視線を下に落とすと、黒瀬の中心は会えなかった日々の長さを物語っている。あんなのが自分の中に入るのかと思うが、同時に一つになりたいという欲望に突き上げられる。

「早く、くれ……、――ぁあ……っ！」

あてがわれるなり、熱の塊が押し入ってくる。

「知らないぞ」

「ぁあ……っ、あっ」

「苦しい、か？」

苦しい。だけどやめて欲しくない。

「あ、あ、ぁ……、来て、くれ、……奥に……、ぁあ……、――ぁぁあああ……っ！」

躰を引き裂く黒瀬の熱。それは五色の中で重低音を轟(とどろ)かせるように重く、脈打っていた。

「あぁ、……ぁ……あ、……ぁ」

ドクン、ドクン、と繋がった場所が鼓動と同じリズムを刻む。自分なのか、黒瀬なのかわからないが、熱くて蕩けそうだった。

「ぁ……ん、……ぅん……っ」

口づけながら、腰を突き出してさらなる刺激を求める。

深く、浅く。時折ゆっくりと回して五色を翻弄する黒瀬の腰使いに夢中だった。額と額をつき合わせ、見つめ合いながら自分たちが繋がっていることを確かめる。

「イイか?」

頷き、早くもっと動いてくれと、黒瀬の肩に添えた指に力を籠める。

「奥に欲しいか」

「欲し……、……ぁ……あっ」

まだ奥に来られるのかと、信じられない思いだったが、熱は腹の奥深くに押し入ってくる。嵩のあるそれは五色の予想を遥かに上回る逞しさで、自分たちが繋がっていることを痛感させてくれる。

「ぁあっ!」

いきなり脚を左右に大きく開かされ、見下ろされた。

「ど……して、……そんな、に……、見るんだ」

「見たい、からだ」

「──っ」

「見ててやる」

一見冷静に思えるが、熱情の証しが目許に浮かんでいて、黒瀬はこれまでにないくらい色っぽかった。無言で腰を打ちつけてくる姿を見ながら自分を差し出す悦び──。

その瞳に映されるだけで、五色は言葉にできない悦びに見舞われる。

初めて出会った時もそうだった。目深に被った軍帽の下から覗く視線に捉えられた瞬間から、五色の心は完全に囚われている。

あぁ……、と甘い声を唇の間から溢れさせながら、切実に願った。

もっと、突き上げて欲しい。

もっと、揺さぶって欲しい。

もっと、壊して欲しい。

息が苦しくて気を失いそうだった。けれどもこの責め苦から逃げようとは思わない。抱えられ、さらに奥に侵入される。

「ぅ……っく、……んぁ……あ……ぁ、……ッふ……ぅ」

「春……、あずま……っ」

「あぁ、──あぁぁ……」

止まらない。黒瀬を欲する自分から逃れられない。

まだ。もっと。

手に負えない魔物のように、底知れない欲深さが顔を覗かせていた。自分の中の黒瀬がより大きくそそり勃ち、アルファ特有の屹立のつけ根にあるこぶが肥大したのがわかる。

ドクン、と脈打った瞬間、黒瀬の色っぽい呻きが聞こえた。

「……っく！」

ブルブルと中の熱が震える。

Sアルファの長い射精は、五色を頂から下ろそうとしなかった。痺れる快感は頂点を維持し続け、勢いは衰えることなく、うねりとなって五色を深く搦めとっていく。

「ぁ……、ひ……っく、……ぁ……あ……」

息が続かず、頭に霞がかかる。意識が薄れていくが、まだだとばかりに痙攣しながら中を濡らされる。

しっかりと繋がった躰と躰。心はそれ以上に深く結びついていた。

どのくらい注がれていただろう。黒瀬はそのままゆっくりと膝を折り、床に腰を下ろした。黒瀬に跨がった状態で膝をついた五色は、脚に力が入らず、自らの重みで深く呑み込んでしまうのをどうすることもできない。

「ぁ……あ……」

これ以上奥に侵入されれば本当に壊れてしまう。だけど、ガクガクと膝が震えて逃げられない。

位置を変えられ、机にもたれた黒瀬に両手首を摑まれて机の端を握らされる。腕に力を入れると少しは楽になったが、それでも油断すると、膝が立たずに深々と呑み込んでしまう。

「……玲……、……ぁあ……ぁ、も……無理……、……ッく」

「俺は……まだ、……喰い足りない……」

もう無理だと首を振ったが腰に手を添えられ、自分で動けと促される。繋がった部分は蕩け、感覚がほとんどない。あるのは、快楽だけだ。

「いいぞ、動け……」

自ら腰を使った。自らイイところを黒瀬の屹立で探る。

「あっ」

胸の突起に吸いつかれ、腰を反り返らせてさらに深く喰い締めた。喰い締めずにはいられなかった。小刻みの呼吸は、黒瀬の意地悪な舌によってさらに弾んだ。

「ぁ、あ、ぁっ」

柔らかくなった乳輪はふっくらと盛り上がっていて、その中心の突起は赤く充血してツンと尖っていた。そこは、これ以上ないほど敏感になっている。

卑猥な姿に変化した自分の躰を恥じながらも、少しの刺激にすら快感を見つけてしまう罪深い己の肉体に翻弄されていた。

痛いのか、気持ちいいのかわからなかった。さらに唾液で濡らした指でもう片方も刺激されてビクン、と大きく躰が跳ねる。

言葉より饒舌（じょうぜつ）に語る躰を、抑えておけない。

「——綺麗だ」

「言う、な……、どこ、が……」

「綺麗だ、春……、お前は……いつだって、……綺麗、だ……」

机を摑んだ手首の内側をそっと摑まれ、肌の薄い部分を刺激してくる指に意識を持っていかれた。

手首、前腕、肘、二の腕——静脈をなぞるように触れてくる。

ゾクゾクゾクッ、と全身を戦慄が走り抜けていって、あまりの快感に漏らしてしまいそうだった。

「あぁ、ぁ、あぁぁ……ぁ……」

自分の中を満たす黒瀬がいっそう嵩を増したのがわかり、甘いため息を零す。

限界だと思っていたのに。もう無理だと訴えていたのに。

「突いて、……突いてくれ……っ」

何も考えたくない。ただ、突き上げられたい。

それに応えるように、黒瀬の手は逃がすものかとばかりに敏感な突起を探り当てる。吸いつかれた途端、全身が痺れた。羞恥など吹き飛ぶほどの激しい愉楽。

「……や、……ぁ……っ」

腰を反り返らせ、胸板を突き出してそれを堪能しながら、五色は痛感した。

まだ、終わらない。まだ、終われない。

二時間ください。

激しい劣情の中で聞いた黒瀬のあの声が、耳に残っていた。普段理性的なだけに、五色の発情に反応して獣と化した時の黒瀬は色っぽい。

何が二時間だ……、と乱れたベッドをぼんやり眺め、躰に居座る疲労に自分たちがどれだけ長い間貪り合っていたのか自覚した。

ただでさえSアルファである黒瀬の射精は長い。五色に注いだあと、再び一から火を放つ黒瀬は二時間経っても五色を放そうとはしなかった。許してくれと何度訴えても、聞こうとしない。また、五色も限界だと口にしながらも求めずにはいられず、そんな自分に戸惑っていた。

クタクタなのに、注がれる愉悦を貪ることをやめられない。リミッターが壊れたかのように欲望は加速し続ける。何度、気を失いかけただろう。

気がつけば最初に案内された部屋に運ばれていて、黒瀬の腕に抱かれていた。五色がようやく自分の置かれた状況を把握した時、眠っていると思っていた黒瀬も目を開けた。

「起きたか?」

「ぁ……っと、……何時間、経った……?」

「さぁな」

重力が何十倍にもなったかのように、躰が動かない。身を起こそうとして諦め、黒瀬の腕枕でまどろんでいた。あと少し。あともう少し。

そうやって時間ばかりが過ぎている。

「どうなって……」

「検査はキャンセルだと」

だろうな、と苦笑いした。睡魔はまだ完全に消えてはおらず、夢心地だ。

「予定が大幅にずれた。日を改めていいと言われたよ。半分そのつもりだったがな」

平然と言いきられ、神経の図太さに感心する。

自分たちが何をしたか多くの人間が知っているなんて、いたたまれなかった。予定をすっぽかされたドクターと次に会う時、どんな顔をすればいいのやら……。

目の前の男ほど、平常心でいられる自信はない。

「今日、このまま一緒に帰れるのか？」

「残念だが無理だな。俺はもうしばらく死んだことにしておく必要がある」

「そうか。子供たちが会いたがってる」

話によると、『ＡＡｓＡ』の施設で五色と別れた黒瀬は敵を足止めしたが突破され、窮地に立たされた。怪我を負っている上に多勢に無勢。だが、ギリギリのところで軍の応援部隊が乗り込んできた。

「救護班は冷静だったよ」

応急処置もその後の対応も理想的で、軍の病院で目覚めた黒瀬は驚くほどの回復を見せた。すぐに五色に連絡を取ろうとしたが、そこで新たな任務を言い渡されたのだという。

「このまま行方不明にしておくと言われた。『ＡＡｓＡ』の内通者が軍内部に残っていないか探るためにな。俺はいい餌になる。俺の生死を曖昧にして、俺に関する情報を流した」

囮捜査みたいなものだ。少しずつ内容を変えた偽の情報で相手の動きを見る。どれに喰いついたかによって、情報源が特定できるというわけだ。

「見つけられたのか？」

「ああ。尋問しているところだ。二岡の死体も見つかってない。奴は逃げきったんだろう。

俺への恨みを募らせているだろうな」

思い出すのは、二岡の前歯を折るほど殴り続けた時のことだ。

「まさか、あんたがあんなことするなんて驚いたよ」

上書きができなくなった二岡は、組織に戻って何を企むだろう。黒瀬はSアルファは繊細だとも言った。前歯を失い、その能力を封じられた二岡がどんな脅威となるのか、今はまだわからない。

「あいつは自分がSアルファだったから、思想なんてものを持った気分になっていたんだよ。その思想の中での地位が低くても尽くせるかどうかは怪しいな」

「組織に戻らないってことか?」

「可能性はある。何をしでかすかわからない。だが、必ず捕まえる」

覚悟を感じさせる言い方に、信じようと思った。そう簡単に解決というわけにはいかないだろう。それでも少しずつ、世の中は変わっていく。変わっていくと信じている。

「そういえばバラは届いてるか?」

「ああ、毎日届いてるよ」

「俺は生きてるというメッセージになればと思ってそのままにしておいた」

「わかるか」

「そうだな。でも、バラの色は変えたぞ」

「――あ」

今やっと気づいた。察しの悪い自分に、苦笑いする。

黒瀬から贈られてくるそれを、五色はいつの間にか死んだ証拠のように思っていた。手配したままだから、今も続いているのだと……。

正直に話すと、無理もないと笑われる。それほど俺が好きなんだろう、とも……。

「だけどどうしてバラなんだよ？」

黒瀬は懐かしむような目をした。

「子供の頃、蝶々を捕まえた。街中でだ」

ゆっくりと語られるそれに耳を傾ける。胸板に耳をつけているからか、低く艶のある声が疲れた躰に優しく響いてきた。次第に睡魔が降りてきて、夢うつつで話を聞く。

「めずらしくて、捕まえて持ち帰った。嬉しかったんだ。だが、無意識に強く握り締めていたんだろうな。気がつけば翅がボロボロになって潰れていた」

子供の頃に犯した失敗。よくある話だ。

「お前のことも壊しそうだ」

「なんだよ、俺は蝶々か」

「握り潰さないようにしたいのかもしれない。だから花を贈る気になったんだろう」

「よくわかんないな」

「俺もだ」

クッ、と喉を鳴らす黒瀬を見て、五色も小さく笑った。

「虫を捕まえた思い出か……。子供のやることは一緒だな。ユウキたちもよく追いかけ回してる。俺もあるよ、蛍だったけど」

懐かしい思い出を脳裏に蘇らせ、自慢げに言う。

「俺は潰さず持ち帰ったぞ」

「お前なら、それができるだろうな」

「あんたもそうだよ、玲」

それは確信だった。黒瀬も潰さず持ち帰れる。大事なものをちゃんと護れる。

五色の気持ちが届いたのか、黒瀬は「そうだな」と言って回した腕に力を籠めた。心音がさらによく伝わってくる。

心地いいまどろみだった。

キッチンに漂ういい匂いに、子供たちの腹がグゥグゥ鳴っていた。

パパが帰ってくると聞いた子供たちは、ご馳走(ちそう)で迎えようと五色にねだった。久々に会うのだ。みんなの希望を叶えてやりたくて、任せろと胸を張ったのが三日前。

さすがに全部の要望は聞けなかったが、子供たちの好物を中心に朝から奮闘している。

「グッラタンッ、グッラタンッ！」

マルオがほっぺたを赤くして飛び跳ねていた。大きめのマカロニが入ったエビグラタンは、オーブンの中でチーズという黄金のマントを羽織ってふつふつと自分の出番を待っている。

ミートソースは昨日から仕込んでいて、いい具合に味が馴染んでいた。カレー粉を使った温野菜サラダも子供たちに人気だ。敬遠しがちな人参も食べてくれる。

全部子供たちの好物だが、黒瀬も大歓迎のはずだ。子供たちの笑顔が何よりも黒瀬を喜ばせることを知っている。

その時、ドアが乱暴に開いた。

「悪ガキども～、アイス買ってきたぞ～」

矢内が両手に買い物袋を抱えて入ってくる。パフェを作りたいとねだるアルとタキの要望を聞いた矢内が、材料を調達してきたのだ。

まさかこの男がパフェだなんて……、とこうして目の前にしてもまだ信じられない。

「本当に作るんですか？」

「なんだその疑いの眼差しは」

「生クリームは矢内さんが泡立ててくださいよ」

「そんなもんこれで十分だろうが」

矢内はスプレーホイップを自慢げに袋から出した。チョコレートソースもある。何種類ものアイスクリームは冷凍庫へ。果物も豊富でココアクッキーまであった。これもパフェに飾るのかと目を合わせると、スプレーホイップを手にする。

「こうしとくと、ホイップの水分吸ってガトーショコラっぽくなるんだよ」

そう言って、皿に並べたクッキーにホイップを絞り出していった。パフェの中に入れるらしい。本格的だ。

「なんでそんなテク知ってるんですか？　普段甘いもの食べないでしょ？」

「まぁな」

指についたクリームを舐める矢内を見て、自分も味見したくなる。ココアクッキーを一枚いただいた。

「あーっ、ママ、ずるい！」

ユウキが声をあげると、マルオがすごい勢いで駆け寄ってくる。ヨウに手招きすると、メグたちも集まってきた。ぼくもわたしもとツバメの雛(ひな)のように催促する。

「飯の前だから少しだぞ」

ココアクッキーを半分ずつ、全員に配った。つまみ喰いは料理の醍醐味(だいごみ)だ。

「お前たち、何を美味しそうに食べておるんじゃ?」

「お、爺も来てたのか」

武田がパーティーグッズを抱えて戻ってきた。クラッカーや三角帽子。黒瀬を迎えるためだが、やっぱり子供たちメインになってしまう。

「クラッカーだ。おれ、このおっきいのがいい!」

ユウキが『バズーカ』と書かれた大きなクラッカーを掴んだ。アルが自分もと手を伸ばすが、一つしかない。取り合いになる。

「こらこら、喧嘩はしちゃイカン。それは最後の一個だったからな、派手なのをたくさん買ってきた。こっちも楽しそうじゃぞ」

「ほんとだ! なかからパラシュートがでてくるんだって!」

喧嘩になる前に仲直りした二人は、新しいアイテムに目をキラキラ輝かせている。

まさか、こんな日が本当に来るとは……。

笑い声が溢れる場所を見て、胸がいっぱいになった。幸せで細胞を満たされるみたいに、心は充実している。オメガを取り巻く様々なことがすべて解決するには遠いが、それでも今はこれ以上ないくらい理想的な光景が広がっているのだ。

黒瀬が帰ってきたら、完璧だ。

「奴はまだなのか?」

「もうそろそろ着くと思います」

軍の施設で黒瀬と再会してから、さらに一ヶ月が過ぎていた。軍の内部情報を漏らしていた人物が特定され、そこから得られた情報をもとに、危険な思想を持った集団の規模がどのくらいでどう動いているかなど調べていたようだ。

内通者を排除し、同じ轍を踏まないよう対策を講じて、ようやく黒瀬の生死を曖昧にしての作戦はいったんは終了となった。

「ところでお前さん、軍に来ないかと誘われているそうじゃゃな」

「え、矢内さん。そうなんですか？」

「まぁな。俺があんまり優秀だからスカウトされちまった」

黒瀬が協力を仰いだことに加え、十分すぎる働きをした実績が上層部で評価されたという。矢内はアルファで、本来ならベータの犯罪を取り締まる警察で現場の捜査をする立場ではない。薄給で働く必要などないのだ。

「応じるんですか？」

「軍人なんてガラじゃねぇよ。規律なんて俺が守れるわけねぇだろ」

「警察だって規律あるでしょ」

突っ込むと、忘れていたという顔をする。呆れた。

「どうせ警察でも規律なんて守ってないんでしょうから、警察にいようが軍に行こうが同じだと思いますけど」

「言うねぇ」

「ま、でも矢内さんらしいですけどね」

「どういう意味だ。五色ちゃんは俺に気があるんじゃねぇのか？　俺が軍に……」

「――違いますよ」

最後まで言わせないとばかりに、語気を強めて遮る。くだらない、という冷めた視線もつけてやった。そんな五色の態度に、さすがの矢内もそれ以上続ける気はなくなったらしい。「じゃあなんだよ？」と真面目な顔で聞いてくる。

「玲が認めたんですよ、あなたのことを。少しでも玲の助けになるなら、軍に入って一緒に仕事してくれたらって……」

思わず本音が零れて口を噤んだが、遅かった。ニヤニヤと、大人二人が五色をイタズラ小僧のような目で見ている。

しまった。気が緩んだ。黒瀬が帰ってくるから、浮かれていたのかもしれない。

「パパだ！」

メグの声に、子供たちの顔がパッと明るくなる。五色も思わず反応して、すぐに二人を見た。

ほら行け……、と顎をしゃくる矢内に、今さら取り繕っても同じだと、キッチンから出る。見慣れた軍服がドアの前にあった。子供たちに取り囲まれている。

「ただいま」

何度も聞いた声なのに、言葉なのに、胸がギュッと締めつけられた。

ああ、黒瀬だ。帰ってきた。いつものように、帰ってきた。

ようやく戻ってきた日常を噛み締める。

「ねぇ、パパ。きょうはね、パパをおむかえするのにいっぱいごちそうつくったの！」

メグがツインテールを揺らしながら訴えた。マルオもどんなメニューがあるのか嬉しそうに報告し、楽しみだねとヨウに同意を求めて笑っている。アルとタキは、食後のデザートの話だ。パフェは自分たちの提案だと自慢した。一人離れたところにいるユウキは、パパの不在中は俺がママを護っていたなどと言って正義の味方に変身する。

パパ、パパ、パパ、と子供たちの声に、黒瀬の表情はいつになく穏やかだ。

「黒瀬があんな顔するなんてなぁ。俺もガキこさえるか」

「お前さんがガキこさえたからと言ってあんな顔になるかのう」

「ならねぇってのか？」

「どう思う？」

「さぁ、わかりません。あ、でもパフェのアイデア出すくらいだから、案外家庭向きかもしれないですね。本当は相手いるんじゃないですかぁ？」

武田も五色の意見に同意らしい。矢内をからかって遊んでいる。

その時、黒瀬が背中に何か隠しているのに気づいた。

矢内や武田がいるのに、平気でそんなことを言うだなんて……。

「いい加減、ママのところへ行かせてくれ。まだキスもしてない」

出会った時は瞳の奥に闇を抱えていたが、それを照らす灯りがあれば、闇にも光は差すのだ。黒瀬を見ていると、そう強く感じる。それなら光になりたい。黒瀬の闇を照らす光としてい続けたい。子供たちと、自分とで……。

五色は黒瀬のもとへ歩いていった。

「おかえり」

「ああ、ただいま」

たわいもない挨拶だが、その言葉を交わせるだけで幸せだ。これ以上望むことはない。

「……春」

首の後ろに手を回されたかと思うと、強く引き寄せられた。

「――ん……っ」

バードキスとはほど遠い、けれども性的なものとはかけ離れた愛を感じる口づけに、素直に応じた。矢内や武田の視線は気にならなかった。

目を開けると、真っ赤な色が飛び込んでくる。

LOVE

バラだった。たった一輪。いつも配達されていたバラが直接手渡される。それに籠められた想いごと受け取った。

握り潰さないように。

大丈夫だ。黒瀬を信じている。黒瀬は大事なものを潰したりしない。潰さないだけの強さを身につけた。不思議なくらい自然に確信できた五色は、もう一度言った。

おかえり。そして、愛してる、と……。

あとがき

こんにちは。「最強アルファと発情させられた花嫁」を手に取っていただき、ありがとうございます。この作品はSplush文庫「最強アルファと発情しない花嫁」の続編となります。前作は発売日翌日に重版が決まるという、私の作家生活でも初めてのことで喜んでいたのですが、残念ながらSplush文庫さんは休刊となりました。

なんとか続きをと担当様も尽力してくださったのですが、Splushさんでは願いは叶わず。ですが、他社さんでの続刊に向けて動いてくださったおかげで、シャレード文庫さんから続編を出していただくことになりました。

他社さんでの続編刊行を快諾してくださったイースト・プレスさん。そして、続編を引き受けてくださった二見書房さん。続編刊行に向けて奔走してくださった担当様。本当にありがとうございます。

たくさんの方のお力があったからこそ、この作品を世に送り出すことができました。

デビューして今年が二十周年となりますが、自分の力だけではここまで続けてこられなかったのだと感じる毎日です。読者様の温かいお言葉にも幾度となく救われてきました。

私は基本的にネガティブで自分は駄目だ駄目だと思いがちな性格なので、すぐに落ち込むのですが、そんな時、読者様の応援が私を支えてくれます。もう一度立ち上がろうという気持ちになります。

この場を借りて、改めてお礼を申し上げます。

最後になりますが、イラストを描いてくださった奈良千春先生。先生の素晴らしいイラストにもいつも助けていただいているなと感じます。今回も色っぽいイラストで私の作品を華やかに飾っていただきありがとうございます。

担当様。年数ばかり重ねておりますが、実力をつけてさらに面白いものをお届けできるよう頑張りますので、今後とも宜しくお願いいたします。

そして読者様。今回の作品はいかがでしたか？　本来なら出版できなかったかもしれない続編。お届けできて私は本当に幸せです。この作品が皆様にも充実した読書タイムをご提供できていれば嬉しく思います。

中原　一也

中原一也先生、奈良千春先生へのお便り、
本作品に関するご意見、ご感想などは
〒101-8405
東京都千代田区神田三崎町2-18-11
二見書房　シャレード文庫
「最強アルファと発情させられた花嫁」係まで。

本作品は書き下ろしです

最強アルファと発情させられた花嫁

2021年4月20日　初版発行

【著者】中原一也

【発行所】株式会社二見書房
東京都千代田区神田三崎町2-18-11
電話　03(3515)2311［営業］
　　　03(3515)2314［編集］
振替　00170-4-2639
【印刷】株式会社 堀内印刷所
【製本】株式会社 村上製本所

落丁・乱丁本はお取り替えいたします。
定価は、カバーに表示してあります。

ISBN978-4-576-21040-7

https://charade.futami.co.jp/

今すぐ読みたいラブがある！

中原一也の本

そんなに恥じらうな。歯止めが利かなくなるだろうが。

愛してないと云ってくれ（シリーズ）

- 愛しているにもほどがある
- 愛されすぎだというけれど※
- 愛だというには切なくて
- 愛に終わりはないけれど
- 愛とは与えるものだから

※は電子書籍のみ

イラスト＝奈良千春

日雇い労働者を相手に、日々奮闘している医師・坂下。彼らのリーダー格の斑目は何かとちょっかいをかけてくるのだが…。日雇いエロオヤジと青年医師の危険な愛の物語。

CHARADE BUNKO

今すぐ読みたいラブがある!

中原一也の本

虹色の翼王は黒い孔雀に花嫁衣装をまとわせる

翼を見せろ。お前の美しい黒い翼を

イラスト＝奈良千春

羽の色で階級が分けられている孔雀人間の社会。最下位の黒い羽をもつリヒトは、最上位の虹色の羽をもつルークのつき人を命じられる。同じ虹色の相手と生殖できるよう奉仕するのだ。傲慢だが、ある時危険を顧みずに助けてくれたルーク。不吉な黒い羽を救う必要などないのになぜ、とリヒトの心は揺れ動くが…。